里台湾

刘克襄 著

上海译文出版社

序 /005

百年地景

高雄只有一座柴山 /011   流浪之外的淡水 /055

永远的台南府城 /019   还好，还有阳明山 /065

阿里山花季掠影 /027   不一样的太鲁阁 /072

红茶照明潭 /039   三角形的花莲 /081

站在台中最高点 /047   知本重游 /087

小镇流光

迷路的垦丁大街 /099

35 路的旗津半岛 /107

南鲲对面的小渔村 /114

意面、蜂炮之外的盐水 /123

东石的青蚵生息 /129

别在集集下车 /137

台湾第一镇，员林 /143

和犁头店一起老去 /151

内湾的美丽与哀愁 /157

走路到九份 /165

平溪线的缓慢 /173

采采一方

不存在般的小琉球 /185

回到过往的左营湿地 /192

北港火车回来时 /201

偏远的大城 /206

桃米生态村 /213

桐花下的挑炭古道 /221

朝阳渔港的下午 /227

七星潭的太平洋 /233

小站旁的五味屋 /240

遇见美好的池上小镇 /247

走过阿朗壹古道 /253

序

从年轻时，每个年代都会绕行台湾两三回。

从早期的观鸟、旧路探查，中期的步道、老街漫游，以迄上个年代的铁道、菜市行脚。我好奇地透过各种面向，接触这个熟悉却又陌生的家园。

熟悉因有半甲子的旅行经验，陌生则因它继续快速变迁。百年地景在变，悠邈小镇也在流转，更遑论一些新兴的聚落。

晚近，自己又如何观看这一长时生活的地方呢？

前些时，在南部乡下，走访一家腌渍工厂。过去生活物质匮乏，老祖宗珍惜资源，研发了渍物的方法，将各种蔬果腌制出特殊风味，也延长了食用期限。我的眼前摆着琳琅满目、五颜六色的渍物。或许是接近夏日吧，我的焦点专注于酱瓜、荫瓜和西瓜绵等瓜类的处理。

在老板热情引荐下，打开一罐封藏多时的老瓮，嗅闻这一小小空间。幽暗的瓮中，瓜身半浮，散发浓郁气味。那岂止是美好芳香，似乎还有深奥的生活提示。

霎时，我亦隐隐感觉，旅行一如腌渍的瓮里乾坤。

随着时日的缓慢流转，食材在瓮里逐渐脱水、发酵，历经微生物的转化，最终酝酿出独特的风味。看着老瓮漆黑无限的里面，我无从叙述那难以洞彻的美好。好像只那一个"里"，即足以说明一切。

里，蕴蓄着微妙的变化。生活的历练有如各种微生物，时常在旅行中撞击出火花。

里，有一种内敛、沉淀，提示我，应该长时多回地观看，新的风景才会孕育而生。

里，是安于在地体验。只要找到允当的观察角度，多样的情境都能发掘。

里，可以和现今蔚为风潮的轻、慢、小，更进一步对话，激荡更多生活的趣味。

里，不讨喜，不华丽，更非主角词汇，却是行旅的关键字，近乎亲密之意。

《里台湾》一书，我如是开端。辑分为三，百年地景为起头，接续是小镇流光，最后由采采一方压轴。三个篇章的城乡、郊野，多半是读者熟稔之处，纵使未去过，想必也都有所耳闻。

台湾有三个纬度的距离。大洋大陆的交会，加上高大山峦的多重交错，这座岛屿精采地把温带和热带的元素掺杂于一处，从容地演绎生物多样性。不只动植物缤纷，人文风物一样庞杂。翻座山，涉条溪，紧邻的村镇即截然不同。

在台湾旅行，从不会生腻、乏味。不必担心保存期限，更不会过期。这等一村镇一特色的多样，纵然足不出岛，因为"里"的酝酿，总会呈现繁复迷人的风貌。

我学习从生态旅游的视野观照，以此老瓮之里，百般旅来游去。台湾各小镇小城的没落、挣扎，或者它们的热闹、温暖，此回，我都想经由"里"的亲密漫游，跟大家一起分享。

百年地景

那山那水那城蕴藏着过去的历史，展现着现今之繁华，和我们的文明发展如此紧密相连。我一直在寻找远眺它们的最佳位置，或者透过一个微小的现象探究其本质。

ヘ大川温泉の桜島人造温泉人造湖の噴泉を誘う春と桜島原樹の桜花

...high from the sea, lying at the half way up the mount Unzen between two ... full of the ruins of old volcanic crater as erupted. In each some of ... boiling, forming a good spring ... surrounded by a dense grove of green trees. The ... moderate climate as well as a good ... place. It is indeed the most ideal ... for recreation and ... ... are sufficiently ... tourists. So it is really a paradise in this world.

Eruption of Aso Higo

海中公園

YOKOHAMA.

Y. ISHIDA.

柴山

柴山　LOVE 观景台

百年
地景

CARTE POSTALE

審慎之後，終於看到蹦出的蛋公糕！
居然比我奇！
還散出很惡的味道，但我愈聞愈看。

裡臺
台灣

左營灣
半屏山
七番埤
蓮池潭
菱埤
左營車站
柴山
356
美術館
內惟埤
高雄車站
鹽埕
前金天主堂
哨船頭
旗津
高雄港

高雄只有一座柴山

多数人的印象里，台北周遭有很多山，但高雄似乎只有一座。

似乎只有一座，但凡到访之人应该都有鲜明的体认。这一座的内容，再怎么挑剔，北部众山头硬是找不到相似的环境。

从地图上检视，就约略晓得了。台湾南北距离相差三个纬度，柴山位处于热带海边，俨然像个坚毅、朴实的渔夫，跟北部山头的环肥燕瘦，有着截然不同的山性。

假如临近现场，这感觉更清楚了。但那种不同，也非区区一花一草的差异，或者林相层次的落差而已，而是全身通透的不同。人文的自然的，历史的地质的，甚至美学的，柴山都独树一帜。

且说远眺吧，那不同就露出端倪。

因为只有一座，柴山从市区任何角度瞧过去，都庞然地存在。其鱼肚样的完整山形，紧邻着城市，紧邻着大海，也紧邻着爱河。那雍容的山海依傍或者山河相连，都让它有一种大气。一种孤单的大气，好像一头鲸，永远陪着城市。

相较于此，北部的山头，一座连着一座，层峰叠翠，或婉约嵘嵘或崎岖险峻，各自收合，也各自开展。那等起伏，好不喧哗热闹。寂寞的，仿佛是城市本身。

这一对比，其实不只是山了。直言之，那差异根本就是整个城市的特质。

柴山就是高雄。大气的柴山，衬托出大气的高雄。

然而什么山可代表台北？大屯山，狮仔头山，还是观音山？恐怕就很模糊了，一如这个北部城市的多样复杂。

再论山和城的地理关系。柴山就在高雄里面，也在它的边缘。台北却是被包围的，一层裹着一层，像个洋葱，全靠着淡水河透气。

远看如是，近距离接触，柴山更充满典型的南方气息。

先说珊瑚礁岩的特质。踩踏柴山的山路，常让习惯北部山区的人错愕。尤其是从龙皇寺进去，那路的质地实实在在，充满骨感的硬度，以及鲜明的肌理。北部的山虚实不定，变幻莫测，时而泥土时而落叶，时而草地时而裸岩。其变化悬殊，好像隐藏着很多心性，摸不透脾气。

柴山 vs. 爱河

次说气候吧。习惯了北部的潮湿，情境如走访昏暗的夜店，总是弄不清店的大小规模和格局。走进柴山，却好像进入了南部糖厂的环境，简单清楚，时时明亮而干旱。大剌剌地荒疏，每个角落都历历存在。

还记得第一次攀爬，就被这样的枯寂困惑住。很快地就有种疲惫，不太想再走访。但这时也了然，这山是要一而再地攀爬，才会积蕴出喜欢，悟出其苦涩的美感。

再说林相，柴山的绿色很浅薄，只有那么几层素朴的淡绿，难有色泽的厚度。北部的山仿佛从地面的灌丛，就把自己浓妆艳抹。随便一个林层，光是绿色便有丰厚的交迭。

于是，站在柴山，深呼吸一口空气，总觉得少了芬多精。那一股森林的灵气，远不如台北的清新、盈满。可多嗅几回，那大海的气息，带点咸的湿黏，似乎浮动于空气间，掺杂在热带的气氛里。这是滨海孤山绝无仅有的味道。

从林相再细论，北部的山常有溪涧、瀑布相伴，习惯攀爬的人，上去了，总习惯遇溪逢泉，图个清凉。柴山却没有这等水汽的生机。少了山溪淙淙蜿蜒，算哪门子山呢？可那荒旱，自有其生态玄机，隐藏了湿气于内里。

有种植物密毛魔芋，最具代表性。这一诡异的热带

CARTE POSTALE

台灣 郵便葉書

上不了柴山，
就在領事館感覽它的熱帶氛圍吧！

打狗英国领事馆官邸

植物，又名雷公枪，平时是看不到的。唯有春日雨水渐丰，滂沱大落时，平日深隐于地下的根茎，才以发芽的状态，自林间快速地冒出地面，神奇地长出一两米的花株。

那高大而带着浓厚异味的形体，吸引了许多昆虫前来采食。但未几，再走访，它已随水蒸发，不见一丝踪影，继续留下一地的荒凉。我总以为，柴山的干旱，正是透过那短短两三日的奇异之美，毫无保留地、潮湿地爆发出来，且发挥得淋漓尽致。

什么样的山，造就什么样的人。

这也是座环保之山。爬这样的山，人心会悄然改变。台湾低海拔山路之干净，恐怕也以此为最，连"国家公园"都不及。

在地登山人都知道，因为城里就这么一座，那种孤山孤城的心情，让市民充满宠爱。每回沿着柴山的步道散步，都能满满感觉到：不仅登山人常有捡拾垃圾的举动，空地旁的树上，还经常搁着一两把竹扫帚，既提示亦惕厉，此山如自家客厅，不得随意糟蹋。

再说柴山缺水，走山的人难免有恻隐之心。不少山友总会背负水桶水袋，兀自扛着几十公斤的水，艰苦地上攀，放置在半山腰和山顶，免费供给路人饮用，甚而浇花植草。自己日行一善，更练就好体力。

一九八〇年代末，柴山开放后，铺设枕木步道的时间大抵和台北相近，但对枕木步道的认知，远比台北清楚而实际。高雄人明白得很，枕木步道绝非一种诚品书店的典雅装饰，而是为了防止过量的登山人潮伤害下方的珊瑚礁环境。

北台湾的郊山，光是枕木步道的样式就百家齐放，公共部门又怕毫无建树，偏爱大量兴工，修筑各种石阶步道，把许多美丽的山头剃得五花八门。生态影响之巨，莫此为甚。

在"只有一座山"的爱惜下，高雄人对柴山的感情认同，更非台北人所能理解。那种情感，不一定非得攀爬，而是搁置在心里的。惟周末假日，这儿还是挺热闹，犹若台北的西门町。走山是逛街，人潮如海浪，看山看树看海亦看见自己。

高雄人的柴山意识如是兴起。从一座山的护卫，日后更有卫武营都会公园、澄清湖湿地等保育运动的陆续发动。高雄环保人士更认为，柴山不只是一座山，还是南部环境生态保育运动的发源地。照见现今打狗①周遭城市之发展，诚不虚假。

这山和山下的城市文明是如此紧密相连，一人文一自然之间的连体婴关系，早早就命定，不可分割了。

（2010）

---

① 打狗，高雄旧称。

POST CARD

THRUOGHOUT THE WROLD.

每次去台南，都要去吃肉燥飯。

假如沒有吃着，那一回等於沒去過。

臺南
観光
記念

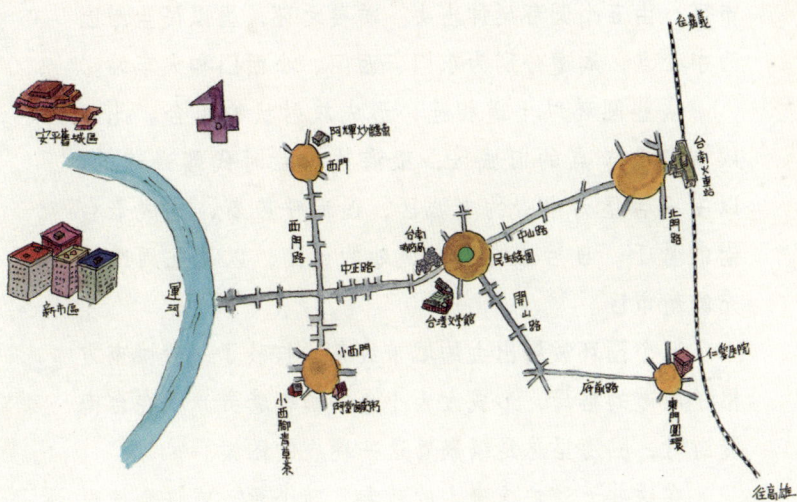

安平舊城區

新市區

運河

阿輝炒鱔魚

西門

西門路

中正路

台南神社址

台灣對館

小西門

小西腳青草茶

阿堂鹹粥

中山路

民族路圓環

開山路

府前路

台南火車站

北門路

仁濟醫院

東門圓環

往嘉義

往高雄

永远的台南府城

　　初访府城的人，经常将错综复杂的街道弄得混淆。如果不先清楚它的格局脉络，委实难以领略这城的底蕴。

　　怎知，一位老台南人看到我的不安，拿出纸笔简单几个勾勒，我的地理困扰便迎刃而解。

　　原来，想要认识台南，必须先有一个时空的认知。尽管荷兰和明郑时代，这处滨海环境已出现城市聚落，但现有的旧市区格局，大抵是在日侵时期规划。整个旧市区，由五个圆环延伸出去。首要之环，当以民生绿园为中心点，周遭分别为东门、西门、小西门和火车站。

这些圆环以干道相连，形成放射状的组合。此一以圆环为节点的旧城区，跟海边荷兰时代即兴建的、以安平古堡为中心的老城区，遥遥呼应着，构成老台南的骨干。日后才有填海造地的街衢，以及往周遭扩充的新市区。

五个圆环放射出去的城市线条，打破了一般城市方格子街道的格局，形成大大小小的蜿蜒巷弄。我在台南漫游时，脑海里总是镶嵌着这一迷人的图案。

在这些无法快速来去的巷弄，转个弯，或许会撞见沧桑的古老寺庙坐落。下个路口，可能是某一倾圮的典雅废屋。更有可能，一处旧屋改造的新生老宅迎面，回春成现代的人文空间或艺术场域。当然最迷人的，应以绿色园艺装扮门面。譬如蜜源植物满院，或几棵老树保留，还将空间大方释出，与街邻共享。

出了外头大街，街景一样以前瞻见称。宽广的开放空间及街角公园，近几年遍地亮相。孔庙园区是最佳的案例，毗邻的忠义小学去除樊篱围墙，门禁森严的孔庙亦成为明亮的绿色公园。园内诸多老树原本暮气沉沉，如今仿佛换装，朝气蓬勃地矗立出更为从容的姿态。

因为有此一念，自然和人文才能允当对话。安平树屋更是一绝，大破大立后，阴森森的榕树和荒废的古迹仓库，在此一时空，终于无缝接轨。看似保守的府城，如今比台湾任何城市都更快速地衍生新的绿色思维，把一个个慢活的自然和人文元素，贴切地安置在众多空间角落。

如此某一历史建筑的残缺存在，或者建筑拼贴，却又连接现代符号或绿色美学的内涵，总是隐藏在府城的巷弄和大街里，等着你一路悄然发现。

曲折拐弯的街景也透露了，在府城并不适合搭乘任何交通工具，最适合的方法是走路。走近古老的建筑，也走进蜿蜒的巷弄，才能步入这个台湾南方大城的核心。

马路和马路斜角的交会，巷弄和巷弄迂回的相遇，或者大街与小巷的萦纤邂逅，不仅蕴蓄了台南古都的街景美学，台南人的生活巧思似乎也由此应运而出。

台南不仅是孔庙、赤崁楼、安平古堡所呈现的恢宏，以及三百多年明郑以来的沧桑历史，或者是咸粥、虱目鱼、担仔面、肉燥饭这类让人眷恋难忘的世界级小吃。

更精彩的，或许是这种市井小民生活于巷弄和菜市之间的悠闲。一边结合美食和古迹，一边展露一个老城的自信。我的友人勾画那台南地图时，好像在描述自家宅院般，血液里合该流动着这种府城本质。

熟悉者察言观色，不难发现台南人的气质，必然有种南部都会人才会透露的文雅，绝不同于台北人。那是一种结合生活步调的和缓，从说话腔调的婉约、谈吐风

赤崁楼

CARTE·POSTALE

真是好日子，
又在府城的巷弄迷路一天。

骨的内涵隐隐流露。甚至可从住家位置和身世，微妙地鉴定出你的台南成色。比如说你是来自安平的，或者五条港的，总比来自旧市区，还多那么一点不同。

新的台南市区发展则在周边，继续在以五个圆环为核心的放射里，一层一层包围，像北京，将自己包得更紧实。台南人的自信也这般镶嵌其中，形成一代又一代的价值。不像台中，整个城市的重心，从车站搬迁到七期重划区。老一辈的台中人难以跟新的台中人对话，中间鲜明地断裂出一条生活文化的鸿沟。

台中仿佛有两个，甚至三个，但台南永远只有一座。再完整的观光指南或美食情报，都无法道出这种府城况味。那也是外地人无法单凭旅游理解的涵养。你必须在那儿生活遭时，好长一段，才能深刻体会。（2011）

台南　Tainan City

臺南
观光
記念

臺灣州廳（臺南）
The Tainan Prefectural Office, Formosa.

CARTE POSTALE

蓝晒图

阿里山

櫻花之下，阿里山是一座鐵道之心
但何時小火車會復駛呢？

CARTE POSTALE

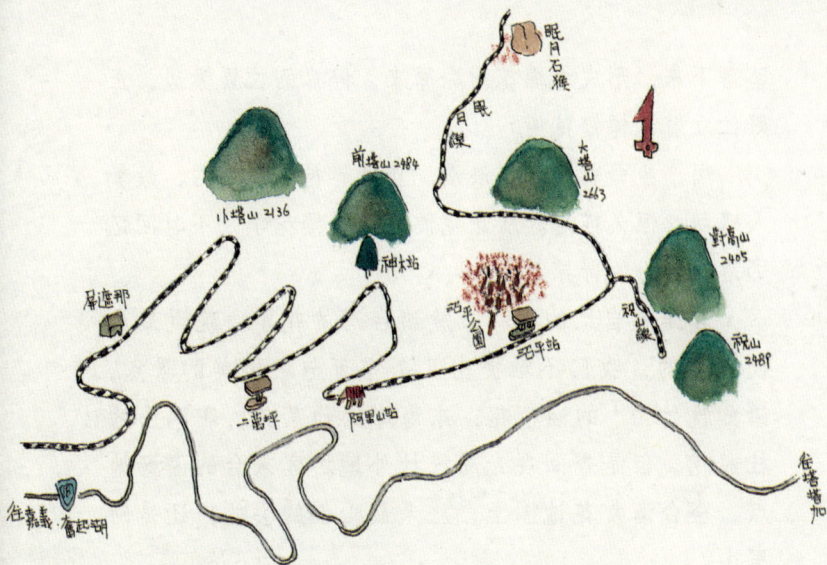

阿里山花季掠影

有一回春天前往塔塔加，夜深时抵达阿里山，结果旅馆都客满了。一时间找不着床位，干脆把车子停放在马路边，裹着睡袋，窝在车子里。

隔天清晨天方露出鱼肚白，被冻醒了，想喝杯咖啡。打开车门一看，哇！车顶上竟铺满花瓣。抬头仰望，天空还有一朵朵像沾了点血渍的白雪，略带诡异地坠落下来，形成绵绵花雨。原来，停靠的位置旁边，正好伫立着几棵樱花树。

呵，生命就是这样浪漫。自然界神奇的巧遇，最教人感动，恒久难忘。从此我便爱上了樱花季，不时回忆那落英缤纷的奇异氛围。

若摒除自己的私心，放诸台湾的花季，晚近最具代表性的，我们不难提出几个亦可与之媲美的景点，诸如桃竹苗①的油桐花，东海岸的油菜花，阳明山的杜鹃花。但是查阅观光局统计外地游客来台的偏好地点，全台湾赏花地图上，旅人最心仪的去处，还是阿里山。

就不知众人期待的阿里山花季为何？或者，你的花季会跟我的一样浪漫吗？猜想，最大的公约数，应该是高山的橘红小火车，从满树繁花的樱花树下发出响笛，缓缓启程。这等旅情的诗意，无疑是许多人对阿里山花季的印象。

那次抵达阿里山，已经是花季之末。其实每年三月中旬起，花季就展开了。大约延续一个月。此乃阿里山森林游乐区最忙碌的时节，看日出的人潮不若赏花。旅馆的服务生也不必忙着一大早催人起床，赶着去祝山观日。

---

① 台湾西北部桃园、新竹、苗栗地区的合称。

大家都集聚在沼平公园附近，一如各种蝴蝶之临幸花丛。痴迷如我者，更仿佛采蜜的蜜蜂，不小心飞入糖浆罐里，流连后浑然忘记飞出。最后，终被各种多样温煦、柔软的色泽，排山倒海地淹没，快乐地醉死于甜蜜的浆汁里头。

　　吾人酗花举止之怪异，也不只这回的误入花海，渊源早自二十多年前。那时，日侵时代的沼平旧村已被大火烧光，开辟成公园的山坡地，尝试栽植更多的樱花。我则是台湾少数的鸟痴，拎个望远镜，迢迢跑到这儿。

　　为何选择在樱花林海赏鸟？原来，我天真地以为帝雉会在那里出没。殊不知，恰恰相反，除了它，其他高山鸟类反而更有可能。樱花绽放时，公园是它们的便利商店。我乐得待在这儿一整天，等待它们的到来。那时，镇日记录着，哪种鸟喜欢到哪种

樱花处觅食，又有哪种鸟喜欢在樱花树下活动。久而久之，山鸟识得的或许还是那几种，樱花的知识却猛地增进不少。

阿里山的樱花若要粗分，不脱两大类。颜色桃红的台湾山樱花，以及粉嫩淡雅的日本樱花。

山樱花者，平地即有，包括我家社区那几棵孤瘦的，春寒料峭时固定开花，年年提醒我晚冬之将尽，花季之到来。

日本樱花比较麻烦，像扶桑岛民的礼品，同样是名产，总要包装好几层。花季时的主角又可细分为花朵单瓣的吉野樱、千岛樱、大岛樱，及重瓣的八重樱。惟这八重樱又有三十几个品种，纵使学有专长的植物专家，未必都搞得清楚。如此繁复，我浪漫地大而化之，只要记住那花瓣很多层，像牡丹的就是八重樱。

在阿里山森林游乐区中的樱花，又以吉野樱最多。但赏花的人大概都不会费心去猜测共多少株。吾人生性好奇，喜爱将数据具体化，让人知其非凡。于是乃动了检视之心，努力翻找资料。查对了一下，竟有一千九百多株。如何看待这一千九百多株呢？我有一个计算方式，假如把这些樱花全部栽种在台北的敦化南北路上，排成两排，约五米一棵，刚好可从松山机场种到基隆路，足足五公里长。

第二名是台湾山樱花，数量约一千七百八十株，同样也能站成一条敦化南北路。重瓣的八重樱也有上千株之多。这三大族群共构了阿里山花季的风情。

每年冬末，瞧见社区中庭的山樱花盛开时，我都会揣测阿里山山樱花的绽放时日。大抵说来，我家的山樱花花期总比海拔两千米的山上快了一两个星期。阿里山山樱花怒放之后，其他种类也逐一露相。紧跟在后，通常是粉红淡雅的千岛樱，接棒在三月初开花。

千岛樱是日系樱花花期最早的品种，数量不多，淡粉红的花朵，仿佛白色吉野樱大军的探哨，预告吉野樱盛开期即将到来。

吉野樱又称染井吉野樱，原产地在扶桑。花瓣薄如轻丝，初绽放时花色粉红，之后日渐盛开，日益雪白。百年来阿里山的火车冒着浓烟来去高海拔时，它们恣意绽放的身影也紧跟而来。

吉野樱如今株数又最多，当属花季的代言人。这等名分在日本和华盛顿特区亦然。大家都以吉野樱为主流，作为赏樱预报的参考指标。在阿里山，观赏吉野樱的地点，集中于派出所和阿里山宾馆前方。随便一个服务生都能朗朗上口，它的花期自三月中旬起开出花苞，到三月下旬盛开。

接下来就是肥美的八重樱了。八重樱又称牡丹樱，

阿里山 Chiayi-Alishan

不論平地或高山，
山櫻花總是比春天早到。

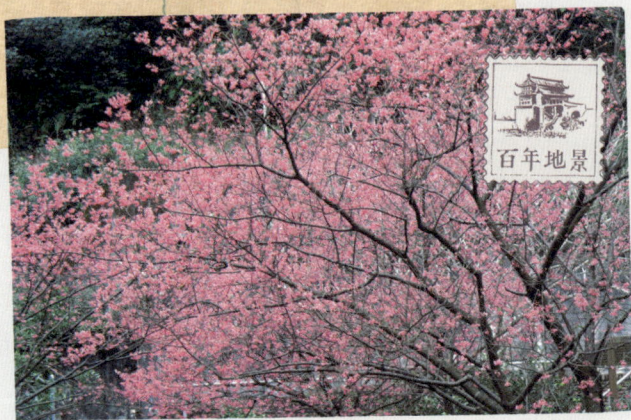

百年地景

原产日本，粉红的花朵大，花瓣又多重，加上经常数朵一起绽放，这等装扮在花季时最是华丽。

话说参与花季的旅游，还得深知个中奥妙，尤其得注意当月的落雨情形。行家皆知，愈是干旱之日，愈是赏花时。假如雨量稀少，花况势必璀璨一整季。有一年阿里山缺水，旅馆洗澡都有时间限制，虽说如此不便，那年樱花却出奇地惊艳。

其实阿里山的花季，除了樱花之外，不少植物也同时进入花期。最能与樱花匹配，或者抢尽其风采者，莫过于玉山杜鹃了。这品杜鹃，性喜中高海拔。花期到了，大鸣大放，艳丽地现身于次生林或开垦地的半阴处，这时在公园步道、神木车站、沼平车站前都能邂逅。我最熟悉的是阿里山宾馆旁，那株已有年岁的。虽见身影老迈，但仍尽心地粉墨，只见或红或粉或白的花朵高高怒放，花型硕大又集生，有若满株花球聚合，把那玉山杜鹃的伞状特色，淋漓地绽现。

花季时的热闹纷纭，有如声色场所的喧闹，待久了，有时不免教人心生落寞或虚无。这时沿着眠月线健行，也是这个花季的重要旅行。莫忘了，在山里，铁道即花道。珍贵的台湾一叶兰，便是这条山路无可取代的珍宝。

台湾一叶兰也有一个很动听的属名，Pleione，源自希腊神话中一位美丽的女神。不论在花界，或者只是兰花这一科，它都是传奇角色。二十世纪初，著名的探险人物森丑之助，首先于探勘阿里山桧木林的行程中发现。此后，这种珍稀的兰花，参加英国皇家园艺学会比赛，获奖六次，在一叶兰属中获奖最多。好比在历届的奥运竞赛，拿下了六面金牌。在花季期间，若未邂逅它们，那仿佛用餐后，少了咖啡的品尝。

除了眠月线铁道旁，终点的石猴游憩区也是一叶兰的大本营。以前，我还搭过眠月线火车，专程去观赏。下了车，绕到石猴侧面，仰望山壁，便照见那高贵的紫红色身影。大地震后，眠月线断了，必须走上八九公里。吾人不免徒呼负负，只能在沼平车站前的山坡地，兀自观赏那零星的十来株，且做一小小犬儒式的精神告慰。

这季节赏花，不只是在森林游乐区，也可驾车游荡他处。虽然我反对这等耗油而不环保的公路旅行，但在花季期间，当前方塞了不知凡几公里长时，何妨掉头，回到岔路口的石桌，向左转或向右转都好，那是另一个角度的延伸。

当我们向达邦的邹族部落前去，不久就接触到一个安静小村乐野，花朵或许不多，但部落静谧，衬映着的樱花也显得傲岸不俗。过了达邦，有一个隐秘池子，在山谷的森林里。早年池边都栽植樱花，如今阴森凄美，博得"鬼湖"之名。继续往前，深入最南边的里佳村，那儿则是樱花夹道，烘托着一场偏远的热闹。

当我们往汉人集聚较多的瑞里走访时，内容更是多样。柯子林，这处奋起湖通往来吉公路的中继站，桃花沿着公路，一丛丛绽放枝头。清冷的春风中，柔媚地映衬着四周的苍山翠峦。

桃花之后，就是太和的李花。宁静的太和位于象山山腰，面对多雾的大塔山，愈加散发着高山地域的氛围。在那一畦畦的茶园间，以及家家门户前，李树白花，成片点缀其间。台湾最美的李花地区，就是如此国画山水。

继续往北行，阿里山最遥远的部落丰山，雨季常被土石流威胁。家家户户栽种梅树，连车道、小路都可见梅树踪影。每年圣诞节后，梅花开始绽放，整个村子也开始进入银白的世界，虽非北国雪境，这等风情也近了。春末到来，虽然梅花花期已过，但仍可想象那先前的繁华。不过，想要观赏成林的梅花，还得动点脚力，走进分布最密集的梅花岭。私下以为，那儿合该是最底层的，大家还未看见的阿里山呢。（2009）

POST CARD

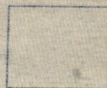

塔山群峰 Ta Mountains

日月潭

CARTE POSTALE

我正在喝台東十八号，
似乎比家裡的更香醇，恐怕也更易失眠吧！

日月潭　Sun Moon Lake

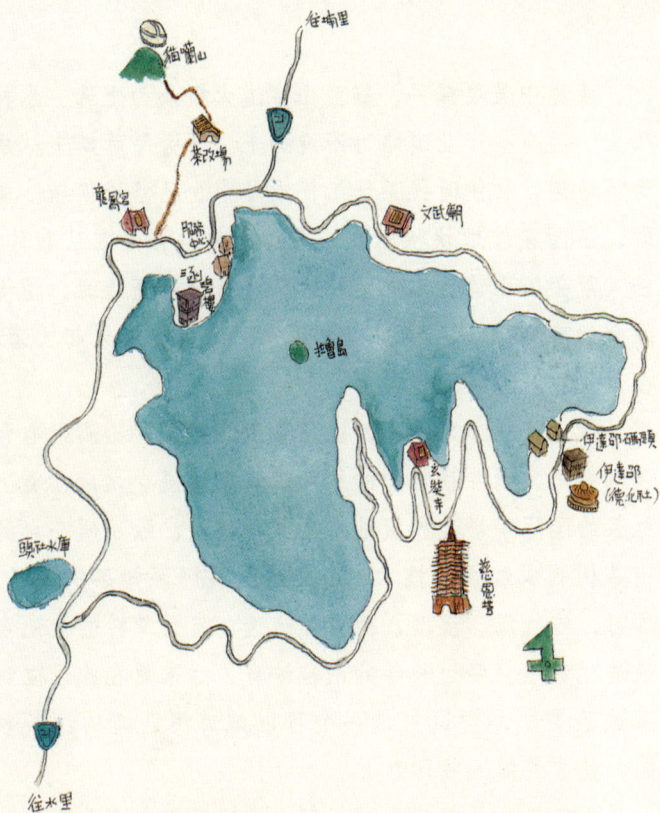

地图标注：
- 猫囒山
- 往埔里
- 茶改场
- 玄奘寺（？）
- 孔雀园
- 文武庙
- 拉鲁岛
- 玄奘寺
- 伊达邵码头
- 伊达邵（德化社）
- 慈恩塔
- 头社水库
- 往水里

红茶照明潭

　　不游湖不搭缆车不乘热气球，我的日月潭旅行，只剩几条环湖的步道。

步道中若要择一，猫兰山步道大概最为上选。水社码头附近有一产业道路可漫游而上。两旁阿萨姆老丛成为行道树，日侵时代茶场工作人员宿舍已修葺换新。旋即，茶园在坡地块状出现，有的似乎以自然农法栽作，任其荒芜依山势优柔绵延起伏。也有的油亮碧绿，仿佛绿金般存在。近百年的红茶栽作，像人生的大起大落，在这儿静默地展示着。

抵达产业道路尽头，山顶茶改场在望。山脚则有台湾红茶之父新井耕吉郎的纪念碑。日本侵台之后，看上红茶的国际市场，积极地发展此一事业，除了研究台湾山茶树制成红茶的技术，还引进数种阿萨姆茶树种子。那时，依气温、湿度、雨量等汰选，日月潭畔的鱼池乡最适宜栽培。经过长年的试验培育，后来更在此设立红茶试验支所，尝试打造一个可以媲美阿萨姆的红茶家园。其中关键人物即新井。

当时日本总督府也积极努力，协助日本企业家来此投资，大举辟建茶园，设置制茶会社，台湾红茶也持续地行销欧美各地。此一盛况直到一九七〇年代中旬，因生产成本过高，价格无法和印度、锡兰等齐，才丧失对外竞争的能力，沦为内销市场。后来，域外大量进口时，还一度宣告停产。

"九二一"地震后，却是另一回产业重生的开始。茶改场、乡公所、在地农会，以及有心的茶农结合历史文化，朝无毒和有机栽作迈进。同时，历经五十多年试验研究的新品种得以推广栽培。台湾独有，加上薄荷混合肉桂的香气，台茶十八号（红玉）遂一炮而红。老味道台茶八号，浓郁的阿萨姆气息也吸引爱好者。鱼池森林红茶的风采，再度展现魅力。走这段猫兰山，若不涉猎这段红茶的起落，仿佛进入森林，不见各种鸟兽。

仟立茶改场最宜眺望日出，似乎也看到一个产业和风景的新希望。再往前行，山势略陡，锡兰橄榄老树夹道巍然林立。登顶处海拔逾千，远远几座著名大山，诸如九份二山、集集大山，庞然高耸，由此鸟目更是心旷神怡。

日月潭浮屿吸引鱼类来产卵

一个大潭被碧绿的群山环绕，如蓝靛之宝石，诚乃百年台湾第一名胜。但近看却非如此，回顾两个世纪以来日月潭的旅游，慨叹不觉油然而生。

十九世纪后期，当英国宣教士甘为霖抵达水沙连时，日月潭只是个小湖泊。湖中间有一耕作小岛，上面住着建立私塾的汉人。他和英国商人柯勒（A. Corner）还在岛上过夜。大概这时，日月潭便以其美丽的景观闻名。外国人提到台湾旅行，往往会提及此一海拔七百米的湖泊。

这其实也透露一桩悲伤的讯息。更早一甲子，清朝官员邓传安来此巡访，当时还严禁汉人和平埔族入山私垦。如今此一邵族祖灵居处的拉鲁岛，已非其所拥有。

日月潭的辽阔直到日侵时期才出现。为了发电需要，日本工程师从武界地区截取浊水溪流水，淹没附近的小山丘。当时的湖水主要用于发电，一年占台湾水力发电的一半强，发电效益甚广。此时的旅游也愈为兴盛，从集集线有一车道连接到此。不少当年的风景明信片中皆提到，日人视此为怀念北国风景的乡愁之地。

但电厂兴建初期，来此参访的佐藤春夫，发表《日月潭游记》（1921）时，却有言外之意的洞见："到那时，不管有什么新的别的美观产生，也不会是今天我所看到的大自然了。思及此，我不禁兴起无限感伤。"又或者，萌生忧郁之语如"沉着而又发散着无可奈何的忧郁的美感"，好像都预示了日月潭未来处境的尴尬。

战后日月潭仍然是台湾观光旅游的地标。蒋介石特别偏好在此旅居游湖，凡其行脚之地如今亦是景点。一位受过日式教育的邵族人，人称毛王爷者，跟其亲密互动，意外地也成为此一时期日月潭观光旅游的代言人。

邵族为了适应观光带来的经济型态，几乎放弃固有的生产和生活方式。他们是台湾原住民族群当中，最早被观光化的族群。游客循台二十一线抵达，都会搭船到对面的伊达邵（德化社），观赏邵族杵歌跳舞的表演。

此游湖之风一兴，德化社遂跃升为日月潭最富庶的聚落。汉人看到大量商机出现，不少人迁移到此。伊达邵逐渐发展为混居的聚落，后来者甚而在默默改变中，主导了邵族的文化变迁。

晚近几年，开放大陆游客观光，日月潭因风景绮丽，也因蒋介石多回在此来去，始终是热门景点。如今每天往往有数千大陆游客进出，一年近四百万旅游人次的住宿、游湖和购物，形成庞大的消费力，更吸引投资者到来。

以前的重要景点如涵碧楼、蒋公行馆都迅速成为民营之地。后来环湖的位置，凡能够开发的地方，都被一家家豪华旅馆占据。如今许多建商开始转移目光，朝山头动脑筋，连潭畔的船屋也不放过。此举不仅招惹不少民怨，媒体亦屡屡揭发财团图利之嫌。看似平静的日月潭，一直波涛汹涌。

　　在此毫无节制的观光建设下，生态环境遂遭到大肆破坏。最直接的危害，应该是每天载着观光客奔驰的游艇。原本无浪的日月潭，不断出现浪潮侵蚀岸边。一些建筑边坡长期遭受侵蚀，崩塌愈发严重。每天挤入上千人的新型豪华旅馆，不少暗管污水直接排入潭区，更是潜在的环境威胁。

　　这些问题若依照水库管理标准早属违法。官方怠忽职责，财团亦蔑视法规。太多的建筑不该兴建，频繁的水上活动也该禁止。甚至，游客到来的数量，都必须总

量管制。但官方赋予日月潭的功能不只是水库，观光游
憩带头冲的企图更加明显，导致一座百年大湖，负荷了
过重的压力。

日月潭虽是台湾第一景，明显也是过度观光的表
征。一切为观光产业，环境永续摆一旁。混乱而失序的
政策，早把日月潭的自然景观破坏殆尽，形成负面的旅
游教材。

每次站在猫兰山，远眺红茶之腹地，青翠之山峦，
虽说赏心悦目，鸟瞰时却常兴悲叹，屡屡失望归返。这
样的日月潭，也不知几时可休？（2013）

台中

宮原眼科前的綠川，仍舊很臭，但有
我喜歡在中山路的橋上吃水淇淋，
跟小時一樣。

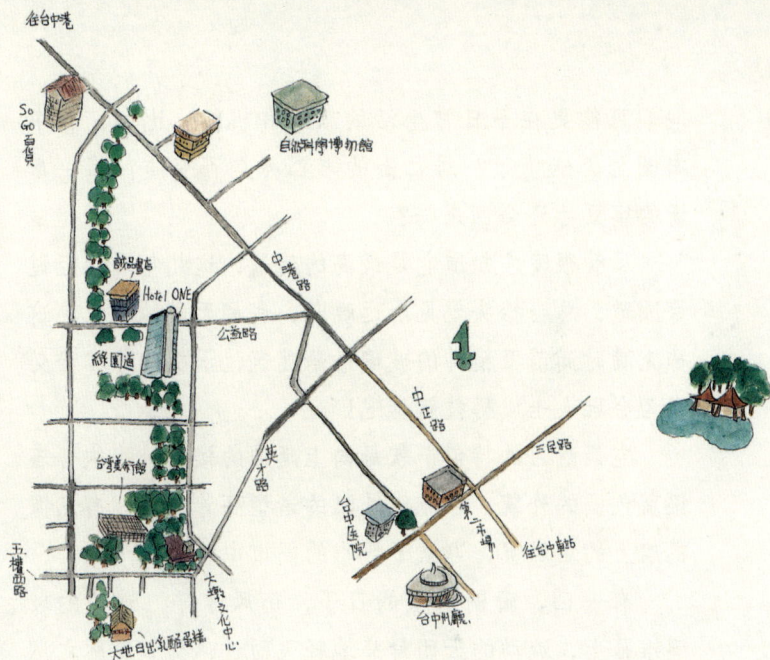

站在台中最高点

最近才注意到，去年三月正式开幕，四十六层的Hotel ONE，竟是台中最高的大楼。

后来，四下探询，更尴尬而惊奇地发现，像我这样，早年生活于火车站附近的人，对台中新建筑懵懂无知者，还真不少。

这种迟缓的无知，追究其因也某种程度上反映了老台中人其实不在乎高度，也不关心都市的建设发展。

他们可能更在乎日常生活的琐事和机能。比如，台中肉圆是否涨价了？居仁街的丰仁冰是否变质？第一市场的蜜豆冰还会回来吗？

尽管很晚才知道它是最高的建筑，这几年屡屡经过绿园道，总会抬头望见。远眺时，我都无端地想象，这栋充满时尚前卫精神的玻璃帷幕建筑，下榻的旅客势必多为金融人士或科技新贵吧！

它最醒目的特色，就是向上延伸的楼层。那饱含着银蓝色调的外貌，以流线圆弧的造型高耸入天。有点像帆船上的主风帆，巡航于繁华的闹市中。

有一回，晴朗蔚蓝的日子，街风呼呼，满墙的玻璃帷幕上，流动的云团鲜亮地轻飞而过，犹如鲸豚之泅泳。整栋大楼展现了画布的千变万化，那等现代建筑艺术的美学，不用言喻地，尽在此刻显现。

Hotel ONE 的设计者 KPF 是世界知名的建筑事务所。此家公司向来以摩登、简约的高素质风格见称。他们擅长将每座城市的文化特质和环境元素，精心地融入建物本身。无奈的是，我百般观看，却察觉不出台中的内涵何在。但念在世界诸多知名的建物，都出自他们之手，势必有所本。只能怪自己资质过于驽钝，没本事瞧出门道。

世界各地还有哪些建物呢？乖乖，美国世界银行总部、上海环球金融中心、东京六本木新城森大厦等都是他们的杰作。这些大楼多半风格独特，更集美学与实用功能于一身。

那晚，我走进二十九楼的酒吧，里面集聚了许多白昼几乎难得一见，打扮妖娆新潮的时尚男女，还有好些年轻的洋人。我差点以为，这是台北的某一知名酒吧。**Hotel ONE** 开店没两年，这儿已快速成为台中周末最热闹的夜店。这种酒酣耳热的情景，据说乃承袭着早年美军俱乐部，台中美村路一带夜生活的文化。

在喧哗的烟雾酒气中，滞留没多久，我即难以适应。折返客房，仔细端详，里面的摆设尽是3C科技的先进产品，展现了旅行和办公兼顾的理念。人在台中，仍和世界继续紧密地接轨。

有些追求时尚的年轻男女，明显偏爱这类充满科技精神的住宿，总要提前来体验。他们会挑选节庆生日时，只求来此下榻一晚。再高昂的价钱，都舍得消费。

晚近，经济不景气，大家放弃港澳行，悄然兴起

Hotel ONE

的台中周末游里，Hotel ONE 是其中一个必访的景点。

我有些生疏地打开帷幕窗帘，眼下是郁郁青青的绿园道，以前这里是台中市区的边界。绿园道一直延伸下去，衔接着文化中心和美术馆。这一线往东南方而去，就是旧市区，我熟悉的，以火车站为方圆的老台中。

这栋大楼另一边，白天时往下俯瞰，还有一些零星的水田残存。这儿是五期重划区，二十多年前还很空旷、荒凉，而周边的七期重划区更是人迹罕至。现在，它们都被密集的高楼包围着。从这儿往西至大肚山山脚，如今都是台中的精华区。

Hotel ONE 像一个界碑，若由火车站往七期重划区行走，经过这里，就是另一个新的台中。我站在界碑的位置上。

继续俯瞰着，不禁想起基督教长老教会甘为霖牧师。一百多年前，日侵时代前期，年逾花甲的他，从台南仆仆北上。

面对着这个暌违十年多，即将新兴的大城，这位牧师明显对街市发展兴趣盎然。在友人的引领下，参观许多建筑。他禁不住赞叹台中进步神速。几天后，他继续悠闲视察。三民路上，除了台中医院，还有一栋新建筑引发他的称许。

这座城堡，以红砖砌成围墙，墙高十来公尺，高大而厚实，孤独地耸立于水田中央。它是当时新建完

成的台中监狱。

甘为霖牧师把眼光放在这座比市政府、图书馆等更早建设完成的建物，出人意表地大加论述。他认为，台中监狱的成立是一个颇富社会意义的地标。

清朝时，此地的汉人社会呈现脏乱、缺乏规范的脱序状态。如今有了监狱，附近城镇的罪犯宵小被逮捕后，终于有了一个合理而适时的管理场所。同时，它也象征一个新都市在法制之下，将会展现美好秩序的开始，台中将成为岛上最好的城市典范。

当年的台中，就是从这时开始了它著名的棋盘式格局。早年的台中监狱则在旁，仿佛训示碑般森严竖立，警示台湾老百姓，新的统治者将展现严格整治和管理的决心，一如整齐划一的街道。

台中监狱的出现，把当时的台中区隔出两个不同的街市。一个是南屯的犁头店，台中最老的汉人市集。另一个是以火车站为中心的新台中，以欧式建筑为主体的新都会。

Hotel ONE 的出现也有类似的情境。作为一个醒目的地标，它洋溢着率性、简约，且大胆地融合科技巧思，充满年轻创意。相对地，也让老台中人知道，那个淳朴的小城已过去了。

以前，我由下往上仰望，看着 Hotel ONE 时，不免困惑、惊疑着台中的未来。现在从上往下鸟目，似乎更清楚了时代的锐变和不可阻挡。（2008）

台中公园 2000年

淡水

POST CARD

喜歡到海邊樓息海邊子，
努力吃它，懷念消失的石滬。

百年地景

（森田日東堂發行）　淡水河時ノ實況　（臺北）

054

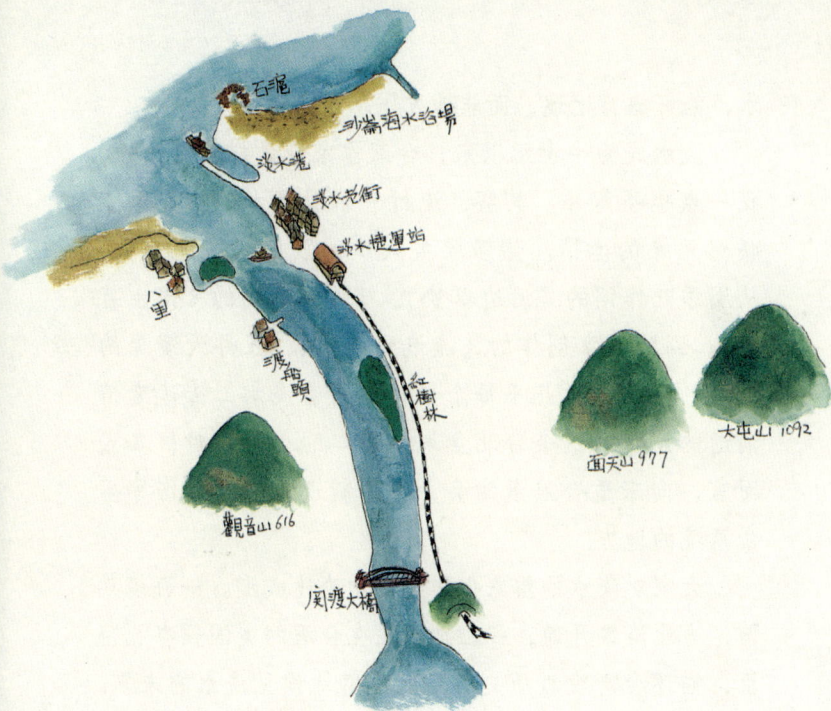

石滬
沙崙海水浴場
淡水港
淡水老街
淡水捷運站
八里
渡船頭
紅樹林
觀音山 616
關渡大橋
面天山 977
大屯山 1092

流浪之外的淡水

　　前几年台湾艺文界最夯的一个名词，大概是"文学地景"了。

　　有一套以地景为主题的文学选集适时出炉，结果根据编辑作业的统计，作家描写最多的乡镇居然是淡水。次数之多，遥遥领先其他地区。惟多数作家描写的淡水，偏好旅行记述，而非地方作息的感怀。

淡水成为半世纪以来，台湾作家最爱描述的小镇，我一点也不意外。其实，流行音乐对淡水恐怕更善于联想无缘的恋情。诸多脍炙人口的歌曲都跟它有关，从周添旺作词的《河边春梦》、叶俊麟填词的《淡水暮色》，到陈明章创作的《流浪到淡水》、五月天演唱的《志明与春娇》，几乎每个世代都藉着淡水，传达恋情消逝的悲伤。这个台北盆地出海口的小镇，对很多人而言，向来适合浪漫约会，也是制造流浪、情伤等生命意境的地方。

大家对淡水的想象也非晚近才论述成形。一百多年前，当北淡线开通，一位常年住在台湾的美国领事礼密臣，描述台湾晚近历史时早就敏感地预见淡水的未来。他侃侃直言，北淡线铁道的开通，虽帮台北找到一处货物的出海港，但日后北淡线最重要的功能，还是在观光旅游。

以偏远小镇作为寄情环境，这种旅游情愁直到一九八〇年代以前，仍浓烈地飘散在许多文艺作家身上，形成一种特定的旅行文艺风格，而淡水正是最好的写照。比如，有人会叙述自己背着书包，来到淡水的一间老庙，黄昏时看着余晖在回廊间，映照着历史的沧桑。彼时，老人在下棋喝茶，自己则倚靠在某一古老的廊柱下，悄悄地取出书本，风檐展读。那书还不是泰戈尔《漂鸟集》之隽永小品，而是深厚如《罪与罚》、《卡拉马佐夫兄弟们》等大部头小说。

还有一种，从台北第四月台，搭最早的一班火车。打从等车，就开始抽烟。上了车，靠着窗远眺，再度抽烟。半途走到车门透气，仍叼着一根烟。最后到了淡海，散步时，空旷得只好再哈一根。回程时，多半会描述自己搭乘最后一班列车。当然不用说，那时抽烟的画面也继续吞云吐雾地上场。好像侯孝贤早期的电影，抽烟是一种必要，强化了文章里自己内心的忧郁和压抑。

此端好景，消失得很快。一九九〇年以后，文学创作者的旅行转而充满较多的理性和批判色彩了。比如，每个阶段的小说，几乎都会处理到淡水的朱天心，或者大学时期僦居此地的蔡素芬、钟文音，无疑都是最好的

代表。不论座谈或书写，在她们触及淡水的言谈里，大抵透露老街老镇已不复以往。

我自己印象最深刻的一回，那天正在河口的7-11晃荡，才想及《舞鹤淡水》一书。说也奇巧，长住淡水的作者乱发依旧，摇摆着暗灰衣着的身影，走到码头来投递邮件。老友乍见，他一时兴起，暂且担纲向导。在他心里，中正路以北地势较高的淡水，或许还保持着原貌，但接近河岸河口的淡水老街早已变形了。

诚如其言，淡水老街的淳朴早已荡然，但从旅行书写的角度，我还是乐于挑战这种观光气息方兴日盛的小镇。

和舞鹤告别，谛听一个作家的不凡洞见，日后我还是带着快乐的旅游心情前往。只是我的乐趣不在铁蛋、阿给或者鱼丸之类的著名小吃。那是观光客尝鲜的流行，感受不到淡水本地人真正的生活文化，甚至看不到未来的契机。

而我对九份红糟肉圆，还有三峡牛角面包，大老远跑到此地开设分店，更不以为然。假如台湾的美食都以类似的手法，在各地经营，我们的旅行就不具意义了。它们的出现让我们错觉，好像到淡水一游就可以吃遍北台湾各地，各路美食一揽包收。此一趋势，反而弱化了在地小镇的特色。

尽管淡水老街消失了，很多生活里的老淡水仍残存着，现今我们在诸多老旧巷弄仍然邂逅得到。比如走进清水街，沿着传统菜市场穿梭，那种人声鼎沸和阴暗巷弄的人潮往来，才是真正的淡水。一整天只在里面流转，都值得度过。

　　又或者走在老街，尽管一路尽是新颖店面，也尽管铁蛋和阿给招牌充斥，我们总不能从此不光顾，更何况我们仍会撞见几许老店的风姿。我期待一种新的可能，那不是他地名产的分店，而是具有创意的店面。里面或有小小的思古装潢，但更隐含未来的机会。

　　比如三年前，有一回寒流之日，我在老街上赫然看到一间红色斜屋顶的小面包店，伫立于洪妈的酸梅汤旁。其外形醒目，加上店名叫红旗德国农夫面包，我因而甚感好奇。进门探访，这才知此店开张不到一年，老

板来自德国，目前落脚淡水。

像这样的面包店，我便有一种莫名感动，当下不管好吃与否，阿莎力①买了两大袋回家。我的想法很简单，支持地方新的产业型态。更何况，这家面包店充满两个无法取代的意义。

一来，由于养生，欧式杂粮面包逐渐跻身台湾面包市场。马可先生的德国乡村杂粮面包系列受到大城市居民的青睐即为一例。尽管价格不菲，各地仍普设分店。但这家德国面包选择在一个小镇上冒险营业，尝试打开一条活路。作为一个旅游者，我当然乐见新型在地商家的崛起。

二则，我突然想起马偕医师。一百多年前，他从加拿大来淡水传教。初始的宣教行医遭受很多排斥，经过辛苦的努力才赢得北台湾住民的尊敬。或许这位面包师傅远从德国来此开店的想法，难和马偕传教的贡献比拟，但那种远渡重洋的意义，应该是拥有某种相似的生命情境。我是如此看待这间小店在老街的出现。

时隔三年，近日再前往，发现它还屹立着，心头自是兴奋。再走进去观看，当初一些口感较不适合我

---

① 台湾常用语，由英文 assertive 的日语音译演变而来，有"干脆、豪爽"之意。

们的已然消失。一些新出炉的，依台湾人口味改良的面包款式，吃后竟有着新奇而不错的风味，我更是高兴。这次的购买，我愈加清楚感觉，这家面包店已经站稳滩头堡。

在老街日益商业化的内涵下，这家面包店的异质存在，无疑很具启发性。又或者如小小的独立书店，有河book的出现。当我们沿河岸缓慢散步，邂逅的不再是喧嚷的商家，而是一间蓝白的二手书屋，是猫群的慵懒，是文青的座谈空间，另一种淡水的观看情境也悄然诞生了。

只为河边的风景服务，老板夫妇勇敢地在一座观光小镇高擎文学之小旗，虽称不上什么壮举，至少帮淡水增辟了恬静而美好的一角。小众口味难以形成风潮，但在观光之地却是明亮而安静的坚实存在，更清楚提示了某一种生活价值。

除此，淡水还有其他吗？我一直在寻找，在喧嚣媚俗的观光街景彷徨，并非每次都有机会遇见。但撞见了，总如在寒冬之野，燃起一篝火。类似此一开创性的店面愈多地到来，淡水才能让人继续呼吸到憧憬。

（2011）

淡水渡船头

CARTE POSTALE

重建街，淡水最後的舊時生活街坊。

阳明山

POST CARD

陽明山是一座詩的山！
也是最多水牛流浪的地方

还好，还有阳明山

　　阳明山，昔之草山。如今重点当不在正名与否，而在它和城市的关系。

　　压力大的上班族，又很不幸地住在地价和物价高涨的台北盆地，假日休闲里，如果还有些许乐趣，其中之一，应该是城市旁还矗立着它吧。

　　这山区有什么值得慰藉之事呢？可千万不要告诉我，山上有野菜、温泉和土鸡城值得一访，或者是欣赏什么樱花、海芋和杜鹃之类的花事。

会有这些热门观光景物的产出，主要是先天上有几个特点，那是周遭其他山区所欠缺的。

第一，这山群是台北盆地周围最雄伟而壮观的山峦。在山顶部位有着类似中央山脉棱线的高山气势。譬如七星山、小观音山，地景近乎高山箭竹草原的孤绝。擎天岗、富士坪、鹿堀坪也呈现短草高原的绮丽。

台北近郊山区，多以芒草、相思树或灌丛矮林为优势，难以邂逅这等景致。此山汇群峰并立，还各自拥有一等三角点①的开阔，也是其他山区无可比拟的。

再者，山区铺设了三四条宽敞而安稳上升的公路。任何市民皆可在一个钟头内，从海边舒缓而愉快地开车，上抵一千米的山头，呼吸到高浓度的森林气息。只是这些开阔公路，对当地生态环境的破坏在所难免，让人驾车驰骋时总有些内疚。

或许，其他山头也能提供同样的时程，让你登临相似高度的空间，像乌来、坪林等地。但是，你的车子必须持续盘绕Z字形，在更为陡峭而狭窄的山路上迂回，好像出海人遇见七八级的风浪。只怕抵达时，心情也发晕了。

---

① 三角点为在地球表面设置的，用以进行观测、绘制地形图的三角测量基准点，根据测量范围的大小区分等级。一等三角点视野最好，半径常可达数十公里。

其三，这群火山造就的山峦，诸如纱帽山、面天山、菜公坑山和大尖山等，各个有如馒头浑圆，更像国画里婉约的泼墨山色，生就一种温吞而缓慢的气质。你会想贴近，却不会有征服的欲望。中央山脉那些年轻气盛的险峭山头，便无法提供这种祥和与从容。

清晨黄昏时，这样的山峦看久了，好像也能疗伤。好像真会感受到，电视广告上那些绮丽风景的夸大对白，诸如它会减缓你在城市的压力，甚至拾回你在城市被践踏的尊严。

关于火山环境，或许，你也会指出，那么盆地西边的观音山呢？这座远眺时美丽的山峦可是台北盆地早年的地标，以前还是台湾登山的发源地呢！

容我以岳人的观点挑剔，观音山中看不中用。只能远观，无法近觑。何以有如此偏见？原来观音山的环境比较干燥，到那儿爬山，好像酷暑时在没有冷气房的空

间里挥汗喝热咖啡，情调去了大半。

翻开地图，君不见，整座观音山没几条像样的河流，更无瀑布之类的风景区。倒是形形色色的夜总会占据半个山头之广。到那儿爬山，必须怀有僧人苦行般的心神，方能甘之如饴。

相对地，阳明山就丰润潮湿多了。翻开任何旅游指南或者登山秘径，凡提到极致美景，大抵山腹都有瀑布，什么高达十来丈的，兼及各种大小溪涧者，比比皆是。夏天时进入这里，仿佛进入天然的大冷气房，冬天时绿荫满山依旧，绝非清一色芒草枯干的单调风景。

又兴许，你想到水汽也十分浓厚的木栅、南港山区。这两处雨量绵密之地，如果是纯粹的登山，或是饮茶还值得一提。若就散心来说，还是略逊一筹。那些满布山坡的茶园和竹林，总引我联想，好像含着过期在即的豆腐，酸味伏藏蠢动，只能勉强吞咽。严重挑剔之，恐怕还会延伸我们在城市里的郁卒。

说到潮湿，这里也得提第四个特色，水圳处处。阳明山是整个台湾最早开发的山头，周遭的山峦遍布许多绵长水圳。水圳灌溉了附近的山谷和平原的农地，两百年来一些小聚落也依山傍圳拓殖。八烟、老梅、大坪、平等里和十八份等，都是重要的水圳小村。

水圳的自然生态丰富，旁边皆有巡视用的平坦圳路，此乃登山良径，却非人为强硬设计的自然步道，更不会有游客拥挤的困扰。选择适当的圳路健行，既安全又自在，有点像走在欧洲的哲人小径，适合沉思，享受孤独的绿色空间。沿着圳路，周遭百年农家常点缀于途，森林和人文的交会，自然融合于山脚山腹，城市近处有此类山路，足矣。

由此再衔接，这是座诗的山，和人最亲近的山。三百年前郁永河来此采硫，虽是蛮貊夷地的探险，很快地，接续到来的屯民就有拓垦、蛰居的描述。直到光绪初年，当汉人仍汲汲于其他山林，贪婪地和原住民竞夺土地资源时，居处此间的山林生活者，已经在反复思考如何小隐于此处情境。多少诗词歌赋亦尽藏蓊蔚之林，成为日后观光旅游的素材。

不同时期，此山群皆有不同成色的定义。台湾唯有此山，光是诗词之作即可堆积出丰厚的对话。盆地城市的兴起，更对照出它的可贵。我们却很少珍惜这类都会山林文学的价值，在各种节庆仪式中细腻展现。

提点了这么多阳明山的好处，我却必须警告，有一个时期绝不适合前往。每年三四月节庆化的花季，车水马龙的人潮，让它变成台北繁嚣市区的一部分。其他山区再如何景象破败，应该都比它好。（2010）

七星山步道

裡台灣

磺嘴山

大屯山

太鲁阁

太鲁阁阁口

Union Postale Universelle
CARTE POSTALE

台灣 裡
記念

希望有一天，
和平溪的水泥廠全都消失，
還給太鲁閣族。

百年
地景

不一样的太鲁阁

百年来，我们跟太鲁阁的关系，像一个人用双手，尝试着拥抱一颗大石。

一手好比后来兴建的苏花公路和北回铁路，另一手则是中横公路延伸而来的台八线。整个太鲁阁就像一颗庞然的大理石，集聚了台湾最巍然险奇且诡谲的风貌。不论朝北或朝南拥抱，我们都无法触及整个太鲁阁。这两道交通动脉细瘦如藤，只能在外围贴附着，让我们薄弱而简单地认识大理岩等建构的巉岩异景，从未深入，也难以进去。

这个世纪初，情况似乎有些改变了。当遥远北方的雪山隧道打通，当立雾溪下游的跨海大桥庞然地出现，当台八线拓宽的路段经由砂卡隧道通过，都让我们进出太鲁阁更为顺畅。愈来愈多车辆快速地抵达这里，从容地翻山越岭。

　　但仔细观察游客的游赏景点，燕子口、九曲洞、天祥之类的导览依旧是主流。站在入口牌楼，留下到此一游的拍照继续复制。如今大批游客搭乘游览车到来，走访这些著名景点，除了戴上安全帽，生怕被落石击中外，委实难有新鲜的体验。太鲁阁族的生活文明，还是未在这一山水间凸显。立雾溪左右两岸诸多山径步行的美好，仍无法被推广，或者被具体实践。

砂卡礑溪

交通大幅改善，只让太鲁阁逐日变成汽车旅行的天堂。旅游风气改变，也让原本服务大众的公车系统渐渐瓦解。三十年前，花莲到大禹岭、梨山，一天加总至少有七趟班次。现在同样的路程，一天只有一班。分明是鼓励人们放弃走路、放弃大众运输，很不符合节能减碳的生态旅行。

有位太鲁阁解说员，便跟我分享如下的经验。二十多年前，年少时，他常从南部来太鲁阁健行，从此爱上此地的山水，日后更成为志工。私底下他认为，太鲁阁是一个对背包客非常不友善的区域，尤其是对外国人。现在开车方便了，如果你仍坚持徒步旅行，反而比以前麻烦许多。比如，以晚上睡觉为例，沿着中横公路，下榻的地方不多，集中在几个著名的景点。走路者恐怕得自己背一个睡袋，随时备用。但早年的公路上，公车密集，可以投宿的小旅店就多了。

自助旅行者，总期待天地任我遨游的随兴，太鲁阁却让你受挫折。"国家公园"存在的真义，在太鲁阁明显地打了折扣。针对此一盲点，晚近"台湾好行"出现，增加通往天祥的班次，搭配一日票券，推广游客自由行。相信日后背包客在此藉客运逐段搭乘，定点旅行或健行的乐趣应该会回温。

走路和搭公车在太鲁阁应该被强化和尊重外，我们对太鲁阁的认知若停留在过去，恐怕还是到此一游的表面情境。最近一回去攀爬锥麓古道，下榻布洛湾的山月村，欣喜体验到一种新的可能。

这个被高山环绕，孤独而封闭的小台地，过去是太鲁阁族传统的居住地，日侵时期被迫迁村，作为"国家公园"管辖后，土地利用更被限制。八年前，"国家公园"规划以OT[①]的方式，交由民间机构经营管理。但交通不便，房数不多，加上环保的种种严格限制，诸多业者都认为缺乏效益，无利可图。

只有一位姓郑的中年人，因热爱山水和原住民文化，在无人竞标下，勇敢地到此接受委托。初时受限于"国家公园"法规，他做事果真绑手绑脚，无法像过去在城市般随性，可以大展经营观光饭店的长才。

初时经营困难，后来被昵称为村长的他，仅能利用有限资源，开创各种可能。比如他慢慢地学得尊重在地文化，尝试着添注原住民的内涵，举凡建筑、装潢、工艺和美食等元素都很原味，连员工都雇用太鲁阁族。但更重要的，他也努力成为太鲁阁族的一分子，尽管外表一看，还是湖北老乡的忧郁脸孔。

每天晚上，只要住房超过一定人数，山月村都有表

---

① operate-transfer（经营—转让）的缩写。

演。但这里的安排不同于一般的晚会，演出由员工和眷属包办。厨房、柜台或清洁的员工都可能轮流出来唱歌跳舞。

我下榻的那一晚，大约有近五成的客人。参与表演的，除了两位年轻男生，还有十来位女孩，穿着传统服饰。最小的就读三年级，也有高中生。

她们认真地透过歌舞展现自己的生活文化，兴许内容还不够专业，有时夹杂一些外来歌曲和舞艺，表演也略带生涩缺乏专业水准，但孩子们总是流露纯真无邪的笑容，歌声犹若天籁，让游客留下深刻印象。

后半段村长加入演出，逐一介绍这些孩子，描述她们平时如何生活读书，将来有何愿望。当他感慨地叙述，早年当地不少女孩因家境贫寒，被迫到城市卖淫，游客们听了都不禁动容。

晚上的迎宾会，除了让游客更加认识太鲁阁族，也想让孩子们赚点零用钱，同时发挥天赋的歌舞才能。谢幕时，若有游客愿意施与小费，其中一半的奉献，他们会捐入原住民关怀基金。只要近邻原住民朋友发生紧急危难，都会提供适时的经济援助。

在此偏远山区经营，村长还有一个生态村的想望。除了以太鲁阁族文化为特色，他也希望游客来此，无所事事地远眺山水，享受山中无岁月的悠闲。熬了七年，小木屋的经营业绩从凄惨地挂零，到如今回流客不断，还获得"十大幸福旅宿"的肯定。

只拥有一个处处受限的小台地，还要简约地争取各种资源，其实相当艰苦。我不知日后村长能否持续成功经营，但他指引了过去我未有机缘认识的太鲁阁。

百年来，我们的接触着重于自然山水的壮丽，却疏忽对此地族群的关怀。太鲁阁的核心仍在，仍是嶕峣峥嵘的盘石，仍是清澈奔腾的溪水。百万年时间自然雕琢的大美依旧，但旅人质地却没因交通改善有所转变。

交通改善后，我们看待它反而愈接近阳明山，一天似乎即可来回。我真的厌倦每个年代都在牌楼拍照，在慈母桥取景。从在地人和山水的互动，认识太鲁阁族如何在这一险势山区生活，或许是更深入认识此一老景点的新体验。

于是我开始筹划着，下一回准备到天祥的小教堂居留，认识早年太鲁阁族在此的耕猎，或者到远离台八线的几个部落，看看那些没有公路穿越的太鲁阁。

我更期待着，日后听到一些年轻人叙述行走此间的美好经验，来自洛韶、来自碧绿、来自大同、来自梅园。当这些当代走路的故事更多，我们才更能探触这颗大石的内里，邂逅不同角度的光泽。（2012）

慈母桥

天祥基督教堂

百年地景

锥麓古道

山月村晚会

下午走在小三角，
我總想邂逅 泥巴咖啡的大鼻子叔叔，
賣很多 ◎

賣很多 ◎ ！ ○ ◎

CARTE POSTALE

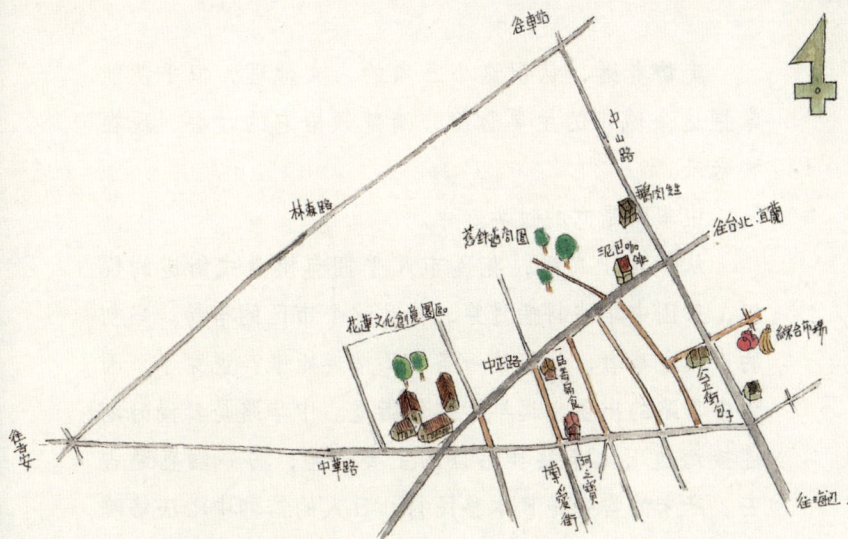

三角形的花莲

　　花莲市是一座很三角的城市。它以中华路、中山路和中正路，交会出一个小核心。

　　小小三角形的周边腹地，大抵也是这东海岸第一城最热闹的商圈。连锁店家和著名美食，多半环绕在附近。什么丰兴饼铺、公正街包子或德利豆干之类，观光客熟悉的名产都不出这一范围。更遑论曾记麻糬，在小三角内就有三间门市，还有两间紧邻外围一隅。

走访花莲，认识这小三角的人文地理，似乎便能掌握这个城市的主要脉络，清楚领悟它的过去、现在和未来。

中华路是它的过去。

从地图上鸟瞰，花莲市几乎拥有棋盘式街道的规模，只因中华路斜插贯穿，打乱这个市区的格局。当初的市政主事者，为何让一条路不按规矩来？说穿了，因为中华路的出现，远早于其他街道。中华路是日侵时期连接海边旧火车站和港口的主要道路，另一端直通吉安。产米的吉安是日本移民村，日人的信仰中心庆修院亦坐落在此。

欲了解日侵时代才出现的花莲，当然必须从吉安开始。假若有空，何妨从吉安乡黄昏市场这端的中华路出发，拎着二三历史开拓的掌故对照，再沿着笔直的中华路走到花莲市，相信更能理解这座城市的变迁。

在三角形商圈，相对于其他两条路段，中华路目前是比较落寞的。较少小贩在此租摊设点。旅人若在此一骑楼散步，迎面人潮较为稀疏，作为散步的街景，倒是挺写意。

短短小街则是三角商圈的著名特色。斜插的这条老路，就有不少衔接过来。自由街、明义街沿着沟渠，偎集一些传统小吃和店家。走进这儿，我每每浮想王祯和《玫瑰玫瑰我爱你》里，一九六〇年代美军大兵从越南准备来此度假的场景。今之中华路，始终停留在那等风华。

中正路是它的现在。

台九线纵贯整个东部，进入花莲市区这一段，中正路不折不扣包揽。若是清水断崖那一段，称为苏花公路。更北，宜兰连接台北新店的山区，乃以前的北宜公路。

中正路所代表的，就是这般直直通往台北的大路。迎合年轻人口味的商家，多半汇聚于此。晚近西北侧的旧铁道商圈形成一个闲适的走逛空间，文化创意产业园区在旁兴筑，乐活氛围愈发被塑造。小街内涵的餐饮店家，风格多元地展现。节约街、新港街等，映照着中华路的商铺，更充满次文化的朝气，好样生活圈逐渐发酵。黄昏开卖的旧铁道市集，手作创意商品最吸睛，摆摊老板随性不拘，经常变化的摊家组合成为另类特色。

中山路是它的未来。

从旧火车站连接到新火车站，从海滨通往慈济大学和医院。我隐隐感觉，它是花莲将来商圈位移的最大动线，从海岸往内陆倾靠。不论苏花公路改善计划是否出现，它都比前两条街更充满未来性。

只是在三角商圈里，它的街段最短，若无公正

街包子的小巷贯穿，连接着综合菜市场，这一路段似乎难显特色。菜市场在三角商圈北边，让这条路的热闹，充满了更多当地人生活的形色。不像中华路和中正路，常年溢满观光客的气息。

接近中山路时，似乎恢复了一个寻常街道的内容。愈往内陆，道路愈加明亮开阔，愈可能接纳各种转变。

小三角之外，花莲还有一个大三角。中山路往北、中华路往西延伸，各自和林森路交错，花莲的精华地区更加丰富地涵括在此。这一繁华和喧嚣，或许接近西海岸都会区的风貌，最大歧异在于，被一个大山大海的缓慢花莲包围着，像一颗过去的手工曾记麻糬，里面有着好吃的内馅，但外皮更加重要。

我对花莲就是这种直觉，也一直很怀念外表柔软、绵实的口感。如今不知是因量产，还是自己失去观光客的情境，早无此等美好经验了。（2011）

泥巴咖啡　老鼠贝果

旧铁道商圈

知本

觀林吊橋

CARTE POSTALE

老闆說，我泡過最好的溫泉，不在飯店。
反而是河床邊的私人住宅。

知　本　重　游

　　因为一场邀约，我重游了知本温泉。

　　过往来此旅游即屡次听闻，温泉的发现可上溯至清朝，那时在知本山区活动的卑南族会在溪床挖池洗澡。日据时期，公共浴场、和式木瓦屋陆续建造，知本温泉观光就此开启百年历史。战后，温泉旅馆逐渐发展，蓬勃日盛，俨然成为台东观光的代名词，只是河岸边也出现了简陋的茅草屋。那是阿美族来此泡汤养病，随着时日人数益增，竟成为另类的观光风景，直到一九八〇年代河床堆高，露天温泉才消失匿迹。

知本　087

如今龙泉路上旅馆大楼栉比鳞次，总有游客不辞舟车劳顿，到此嬉游。风行百年的温泉，景观更迭不歇。年轻时，我曾懵懂搭乘公车，抵达知本溪河岸，再走进温泉区终点。当年邂逅的一景一物已朦胧难辨，百味杂陈下，遂兴起了逐一记录的念头。

● 外温泉

一九七〇年代时，鼎东客运驶到知本温泉桥头便折返。旅人若想享受高档的泡汤，还得走过一座铁线桥，方能抵达热闹的外温泉。这儿才是东台湾温泉故乡的开端。

如今夜深之后，远眺知本溪畔外温泉更是灯红酒绿，犹若垦丁之不夜城。短短八百米，两间 7-11，外加 OK 和全家便利店。此外，大小餐厅再集结各类高大堂皇的温泉旅馆，仿佛十里洋场繁华绵延，连台东市都不如它。

只是此一璀璨夜景却被当地文化人士诟病和忧心，尤其是为接待游客而延伸出来的观光品质。我仿照过去的旅人在北岸下车，走过新建的水泥桥。才抵达四面佛，迎面即两三辆摩托车驶来，骑车的男子紧迫盯人地喊价

道："××饭店全面三折！"

我才婉拒，一些私人轿车经过，这些"小蜜蜂"又趋上前，紧跟于旁边，惊得开车者不知所以。如此几回，难免有无知者受其诓诱，前往其抽成的旅馆下榻了。此一风气之盛，早就成为知本温泉的不定时尴尬。

最近，高大河堤的出现，也引发争议。不少地方文史工作者都质疑，此一河堤阻碍了当地人和知本溪的亲近，砌墙艺术的当代意义更未展现，只徒然凸显了规划者的好大喜功。

我走上河堤却是兴奋异常，以一九八三年的旅游指南按图索骥。昔时的龙云庄大旅社、秀山圆旅社、红叶庄大饭店、外松饭店、知本大饭店、汤之旅馆、警光山庄……哇！这些都是当年旅游熟悉而向往的景点，如今都再起高楼，或更名易主继续经营，几不见一丝昔时木造屋泡汤之风味。

唯学生时代免费泡汤的忠义堂，依旧像当地老人，孤零零地偏居一角。继续有年轻人在长程的摩托车之旅后，探访这一开放汤屋，清洁费随意置入乐捐箱。从那儿往上，望见一秀丽有余的白玉瀑布。此飞泷为日本总督巡视东部时所命名。

过了桥，餐饮业愈加活络。我注意到一些有趣的食物，诸如飞机草（山莴苣）、山苦瓜和皇帝菜（金针花的茎）。还有活蹦乱爬、丰富地栖息于知本溪的毛蟹，过去始终是当地原住民生活里的重要资源。只可惜，一如台湾各地风景区，这些充满地方风味的食材和自然资源，并未随着泡汤文化变革。其实只要其中一家小餐饮店动念，愿意巧思打造当地传统饮食，很可能就颠覆了整条街的饮食细节。

● 老爷大酒店

从外温泉的繁华街景，我们即可明了台东第一家五星级饭店，为何不是坐落于市区，而是遥远的知本溪南岸。一九九二年，知本老爷大酒店于乐山山脚开始营运，带来了另一次知本的温泉革命。美食搭配温泉，再加上旅馆服务的品质，明显地开创了一个新的温泉服务内涵，相对地刺激了附近旅馆业的提升。

前往知本，最想下榻的便是此间旅店。原来前些时，走访礁溪的连锁店，我发觉他们善于撷取当地风物，衬托泡汤的主题。就不知最早时，他们在知本如何养成。老爷大酒店的旁边有一知名的清觉寺，一九五五年开山建寺，经年香火不断。老爷大酒店在旁边矗立后，两造似乎相得益彰。庙寺清静开阔，礼佛出来，山门前遥望对岸，只见庙前小牌竖立，告知了对岸大山有着卧佛的肃穆之姿。云雾缥缈，山势忽隐。人和自然环境的互动和理解，在此间此刻充满禅意。

我期待对岸庞大的射马干山会有大型猛禽出现。后来，果真望见熊鹰盘旋而出。远眺时，尚不知为何白木莽莽苍苍，后来才得知尽是马六甲合欢。这种早年移植的外来种，大肆破坏了原始森林。但熊鹰的出现、流连，代表着对面尚存着一些老熟浑厚的森林，我不免浮升小小的宽心。

● 泓泉饭店

"无色无臭，尝之略带咸味的良泉。"

二十多年前，一本热门旅游指南《东台湾最佳去处》，使用了如此罕见的贴切语言介绍知本温泉，让我这种温泉外行者，一浸入浴池时，登时感受到强烈共鸣。

后来其他旅游书本添加什么碱性碳酸泉、碳酸氢根离子、氯离子浓度之类的专业科学字眼，我一概懵懂，也害怕那些不知从何而来的养生术语，仿若巫言巫语，老是要诱引我、怂恿我认识泡汤之真谛，朝向未来的美好人生。

但这是潮流。老爷大酒店的各类温泉设施里，除了露天风吕，其他都因应游客的需要，规划为迎合悠闲、养生潮流的水疗风吕了。

住进泓泉饭店时，招待和餐饮不若老爷的用心。粗疏的泡汤中，我却享受到带着一丝丝杂质的原汁原味。"温泉水滑洗凝脂"这般白居易的诗句，课本里读了千百回，唯有此时最受用。一连两天，健行山林，赏鸟观花，走路后的腰酸背痛，一经温泉之浸泡，顿时化为陈年往事般烟远。温泉作为一种理疗，在我的身上留下了最佳的见证。

我猜想，此地泉质的美好，恐怕和地利亦有关系。泓泉饭店餐厅中间的位置，正好是一口钻探温泉热气的地热井：知本第一号。业者设计成展示窗，并以重要历史建物的标示，立牌解说，叙述其重要性。此一景点，更让我对热带气息的温泉品质充满了敬意。

• 内温泉

从清觉寺到知本森林游乐区，鼎东客运开始通行的时间，大抵在一九八〇年代末。在这之前，游客们前往，唯有散步一途。蹭个半小时的山路，方能抵达红色的吊桥，再购票进入森林游乐区。

一路上，南岸溪边河阶多了好些别墅和民宅，兼有教会，以及久无人居的废墟，隐身于小巷内。温泉旅游发达，此地住民的组成也复杂多元了。温泉水管更沿着公路和山壁到处横伸、矗立和乱窜，凸显了此地温泉管理的各自为政。

中途最醒目的建筑，无疑是最早辟设旅馆的东台饭店。经过现代旅馆经营的刺激，此间老牌饭店在马路对面，兴盖了SPA养生馆，试图超越外温泉大众消费形态的走向。

　　一路上，传统商家以出售当地特产香菇、金针、辣椒和杭菊为多，或有贩卖泡温泉之衣物货品者，卖相都是早年的粗俗，几无任何改变。连咄咄逼人的叫卖声，都和过去一样乡音未改。纵使添增了一两间兼营咖啡的小铺，环绕着旅游区入口的商街，老旧的观光色彩依旧浓厚。

　　我注意到店面装饰着原住民艺术的爱心小吃。尽管未营业，尽管店面破落，据说它是此间山谷风味特佳的餐厅。用餐前，还得先挂电话，确知是否营业。老爷大酒店的总经理谈起吃，忘了宣传自家餐饮，却特别推荐此家的菜脯鸡，可见其魅力了。

知本老爷大酒店

● 森林游乐区

泡温泉的人会买门票，进入知本森林游乐区吗？

过去前往知本旅游的人，或许会对一九八一年成立的森林游乐区，充满参观的兴致。当时推出的卖点，包括了新奇的外来林木，诸如马六甲合欢、桃花心木等植林区域。还有烤肉区、营火区，以及溪床边的泡汤。但这些都不符合现今生态保育的理念，也逐渐失去吸引游客的条件。

早年从外温泉徒步到此，许多人不尽然是来泡汤、烤肉的。有人真的是来看森林。只要有蓊郁的森林，清净的溪流，呼吸了清新的空气，他好不容易从平地都会或乡镇到此一游的心愿便了。

当然，还有少数人，真是为自然奇景的风采到来。远在游乐区成立之前，旅游指南都告知了，往更里面的山谷，还有一蝴蝶谷。原始茂盛的环境，栖息了繁多的种类，迄今仍被自然观察者津津乐道。

一九八〇年代以后，自然生态学者更把最上游的原始山区，视为台湾野生动植物的重要基因库。台湾黑熊、黄喉貂、蓝腹鹇、帝雉、高身鲴鱼……诸多珍贵稀有的动物在此生息繁衍。多年不见踪影的云豹，最有一线生机的地域也是这里。

当外面的温泉以更丰富的泡汤形式出现，知本森林游乐区大体维持旧样。到了下午四五点，森林游乐区播放着《夕阳伴我归》，催促旅客离开森林时，我对游乐区的旅游模式，萌生夕阳行业的感叹，却又期待它最好如此不建设。最近，"林务局"尝试着宣导森林步道健行，但这种健行若无深度内涵和长时引导，一时间恐也难以见效。

远眺着知本溪对岸，知本森林游乐区，继续以一座葱茏深绿的见晴山，庞然地矗立着。浓密的山林，唯有一株野生的台湾栾树，垂着鲜红的累累果实，形成醒目的瑰丽山色，告知秋末了。

此树是特有种，最早于南部发现。相较于外头山坡尽是外来种马六甲合欢的枯木形容，不免教人有着幽微的保育对比。见晴山的风景隐喻着，还是保持原生种的内涵，才能经得起这长远的远眺。（2008）

小镇流光

曾经喧嚣，曾经寂静。在小村小镇游荡，随性邂逅人情世俗，感受岁月流转。偶然一个转弯，或有灵光乍现的风景，让心思好好地沉淀，再次领悟这片土地的定位。

垦丁

POST CARD

THRUOGHOUT THE WROLD.

我在墾丁遇見三千位辣妹。
同時，也遇見三隻家燕，
正要剁下。

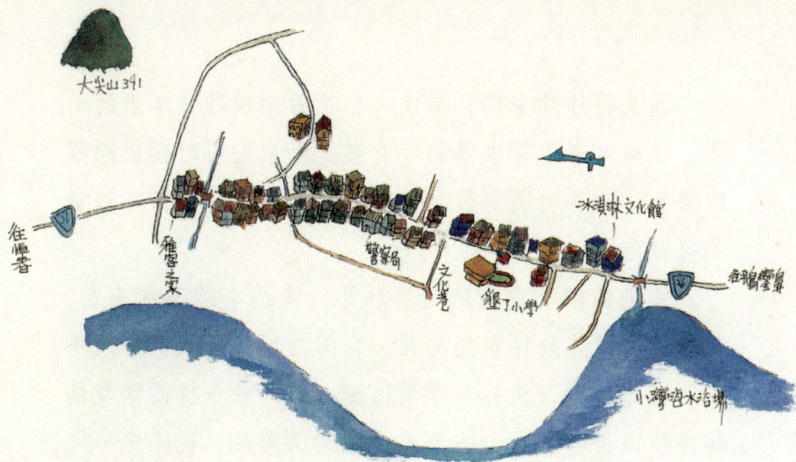

迷路的垦丁大街

　　一户香港小家庭逃难般地朝 7-11 奔来。走进后随即和我并坐，倚靠着狭长的吧台休息，再也舍不得起身离开这个舒服的空间。

　　短短不到两公里的垦丁大街，光是这家企业的便利商店就有四间门市，比例之高冠居全台湾。我猜想，现在每家都挤进不少人吧！

　　从净洁的落地窗望出去，外头早被酷热的阳光照得白花花。日正当中，几无猫狗躲藏的阴影角落。只见一些年轻人撑着阳伞，手持饮料，勇健地沿着街道漫行。但没走几十米，也蹩入某一商店吹冷气了。

回头再注意室内，男主人正忙着照顾娃娃车里的幼儿，还有站着舔霜淇淋的小女孩。女主人暂时摆脱照顾的角色，欢喜地浏览贩卖架上的丰富品项，仿佛在百货公司游逛。

香港的便利商店晦暗而狭小，走进去若不买东西，往往待不了几分钟就想离开。台湾的可不！试问哪间不是明亮而舒适，又针对不同区域，陈列着多样而繁复的物件？说得夸张点，一个人生活的必需品，说不定一间店铺都配置齐全了。

确定他们住在凯撒饭店后，我不禁好奇地探问："为何跑到垦丁来？香港也有海岸啊。"

"香港太小，海岸不够宽，旁边都是高楼大厦。"

我实在无法接受这一说法，不免再质疑："你们也有西贡大浪湾，还有南丫岛啊！"

"不一样，这儿的天空比较蓝，香港没有这种蓝天。"

我还是无法满意他的回答，继续试探："巴厘岛和泰国也不错啊！"

"那儿局势很不平静，还是这儿好，大家都讲普通话，不会被随便欺骗，消费又便宜。"

听男主人讲了这些实在的话，我心里浮升一股骄傲之情，但刻意装作无知样地猛点头。看来泰国红衫军的示威，间接帮助了垦丁观光产业的些微活络。难怪这一路上，遇见了好多港澳游客和学生。

最后那男主人又补上一句，我更无法反驳了："对了，这儿晚上还有夜市可以走逛。"

"国家公园"内有夜市？他指的是垦丁大街，入夜以后这条街永远灯火如白昼，愈夜愈喧哗。

白天时，游客走逛的大街即充满热带风情，多数商铺大剌剌地摆出花式繁多的潮T、海滩鞋、海滩短裤和细肩带背心。所有产品都跟海洋有关，少有个性小铺之存在。我打算晚间找家面食店，却发现街上充斥着形色艳丽的泰式料理，还有粗犷的烤肉啤酒餐厅。其他类型相对显得贫乏，不管台式、意式或法式，都难得发现。唯有弯进小巷小弄，方能觅得几间炒面炒饭的小店存在。

等太阳西斜，整条大街才真正醒来。商铺和餐厅自不待言，小摊贩也纷纷出笼，迅速地搭好摊位。贩卖项圈、手环和耳坠等稀奇古怪饰品的最多，甚而有刺青的，在在蛊惑你，离开前必须带走一个值得珍藏的纪念。饮料冰品也是大街的主要特色，几乎隔个三五间就有一清凉小铺，供应消暑解热的冷饮。至于星巴克、麦当劳和肯德基，只在大街的两端坐落，沦为不显眼的配角。一般夜市惯有的鸡排、卤味和大肠包小肠之类，同样了无新意地存在。

小摊贩忙着摆位时，躲在饭店民宿吹冷气的游客群渐次出门了，踏浪的人潮也慢慢回笼。白天时整条街像干瘪的猪肠，暗夜了，又灌得像糯米肠般，膨大而油光焕发。

这一香港小家庭，属于高档的旅人。出现在大街消费的族群，多半是大学年龄层的族群，明显比一般观光区的游客还要年轻。暑夏是垦丁的大月，整条街洋溢着青春，流动着狂野。穿着清凉火辣的年轻男女，晃荡着青春娇娆的身躯，轻佻而快乐地来去。摆摊者皆以流行次文化的商品为卖点，试图招揽年轻人入店。音乐祭还未到，每晚的大街已张灯结彩，以光怪陆离为经，浮华乱象为纬，热闹地铺张出一股南洋风味。

街角的啤酒餐厅，好些驻唱歌手早就迫不及待地调大音响，仿佛热门演唱会即将开始。入夜以后，那刺青又暴筋的手臂更加紧握吉他，且对着麦克风声嘶力竭地吼叫，好像这儿是他的王国，自己就是全世界。

街上好几间 pub 也在街心开始加温，人潮愈多动作愈加劲爆。有时表演秀高亢过头，还从店内火辣地狂舞到街上。其裸露之大胆，犹若巴西嘉年华会。大家也见怪不怪，甚而随之共舞。以前报纸常报道此地查获什么非法轰趴，其情境自可理解。

员警呢？不远就是警察局，前面栽植了一排特有种的棋盘脚。黄昏之后，一朵朵诡异的淡紫花朵盛开，清晨时才悄然坠落，凋零为尘土。入了夜，员警的工作好像只能维持交通秩序，喧嚣的大街几近无政府状态。到处是沸点的温度，随时燃烧。整个台湾年轻人的郁闷似乎都汇集到此，藉由这一晚又一晚的狂欢，集体大声地宣泄而出。

啊！这是条失控的街。没有夜市如此年轻，如此不守分际。台中逢甲夜市若是台湾夜市的旗舰店，这儿必是打头阵的前导车了。

垦丁还有一特质，不像清境那样媚俗。清境地区的民宿业者善于装点门面，把全世界浪漫的景点、诗意的美丽名字几乎都用上。什么佛罗伦萨、普罗旺斯、挪威森林、星光流域等，都清楚地镶嵌在清境旅店的招牌上。俨然藉此催眠游客，何妨就把这儿当成某一异国家园、某一人间仙境。

垦丁虽也有希腊、大溪地或夏威夷等附身，毕竟不多。对游客来说，"垦丁"这个地名就是一个品牌，自信地代表着某一美好的热带风情，足以支撑自己的门面，不需太多异国的加持。但那元素绝不是热带海岸森林，也非蔚蓝的海洋。这些都是附带的，主要还是这个超级大夜市的坚实存在，让垦丁吸引青年男女，在暑夏时朝圣般地前来。

"国家公园"近乎名存实亡，大街正在把恒春以南，带向一个接近巴厘岛的沃壤之土。没错，香港跟台湾的旅人一样，恐怕也是被这一虚幻之境所吸引而来。

这样的大街，没错，愈夜愈喧哗，也愈加绚烂而辉煌。人潮像夜间回流的各种鱼虾族群，习惯性地借助月光接近海岸。在迷离的光影下簇拥着，窜挤着，仿佛这时只有大街才能给予温暖。

纵使大街周遭，或暗或明之处都还有些诡异不安的风景。其左右两三条巷弄，不知你蹓跶过没。白天时弯进去，只见形形色色的民宿多样地坐落着，少有农夫耕作的菜畦花园，人人都抢着经营民宿。花大笔钱请建筑达人来整修门面者，更大有人在。台湾民宿的美学为何，垦丁巷弄里各式各样的休闲建筑，似乎已流露某些趋势。

这现象亦告知，垦丁在地人因为观光旅游莫名其妙地发了，尤其是大街周遭的住家。迄今在地人可能还来不及反刍，自己是如何一夕富裕。我住的鹿角民宿，老板夫妇深知这等观光浮动的背后隐忧，他们把一楼装饰成雅致的夜间酒吧，却也摆了村上春树近乎全套的作品集。但这样安静的酒吧，并不属于大街，仅止于巷弄一角。

二十五年前，我在雅客之家小住。原色木板搭盖的旅店展现个性小店的风情，老板和旅人熟悉地互动着，甚而有两三小时无所事事闲聊的时光。今天经过时，柜台两个小姐忙得像无头苍蝇，一堆老外旅客和香港人穿梭进出，连回答我问路的时间都抽不出。

那时我骑着向老板租借的摩托车，不戴安全帽，一路开阔奔驰。放眼望去，哪有什么大街和商家，公路旁边尽是蔚蓝海洋。落山风以呼呼作响的速度和凉快，吹得我像路旁相思树干般瘦瘪苍劲。不管从哪个角度抬头，大尖山都远远地庞然高耸着。

当人潮涌上大街时，我悄然回到下榻旅店的巷弄，夜深后总有数万只密密麻麻的家燕回来，集聚在电线上过夜。一只比肩一只，壮观地提醒着，这一地区生态环境的丰富，不只是灰面鹫和红尾伯劳。

等清晨五点，趁日出前，我起身徒步，想走六七公里的海岸到鹅銮鼻。还有一些人在街头饮酒作乐，但大街已疲累了。他们跟残留的垃圾一样，天再微亮，就会被清除干净。整条街正要入眠，台湾第一座成立的"国家公园"，应该会在这时暂时醒来。

就不知，那一香港小家庭今天会去哪里？（2010）

小镇流光

CARTE POSTALE

疲惫的大街。
疲惫的旅行。

旗津

CARTE POSTALE

擴車的小卷卖的比較長！
我用尺量過。但海雞不見了。

106

地图标注：柴山、打狗英国领事馆、旗后灯塔、旗后山、天后宫、鼓山轮渡站、旗后海产街、旗津轮渡站、海产店、高雄港、旗津三路、中洲三路、过港隧道

35 路的旗津半岛

　　星期一早上，从天后官庙前路买回来
的烤小卷和番茄切片都啃光了，35 路公车还

未现身。

我再度起身，离开了旗津轮渡站的候车室，走入对面"海的故乡"，观赏店家摆置的航海水手用具。这家货色琳琅满目的拥挤商行，连两只家狗都打扮成水手，当成活招牌，在街心徜徉。

刚巧，一群搭乘旗津渡轮的旅客上岸。旅客群和摩托车、脚踏车鱼贯而出，再次让广场热闹了起来。旅客们多半沿着庙前路四散，有些慢慢地走往海边的公园，也有零星朝灯塔伫立的旗后山游荡过去。旁边的三轮车终于有生意上门，一辆辆车子骨碌启程。对面不远的小型摩托车店，也有人在承租小型电动机车。一对情侣正嚷着，是否要搭去海滩。

一九八〇年代初，在左营服役时，我常搭渡轮到旗津海滩游玩。高雄第二港口兴建后，挡住了沙石的北漂，沙滩被海浪日积月累地冲刷，早已侵蚀殆尽。昔时的海水浴场不只早就关闭，长期以来都还用消波块防止海浪拍打。

这是何等讽刺的画面，想及此伤心变调的风景，脑海里不免兴起了再搭乘渡轮回到盐埕区的念头。这是一般游客来去旗津的传统路线，渡轮就在码头等候，只要十分钟就横越港口了。但我再度横下心，

偏要看那误点的公车长什么德性！

　　很少人会在此选择搭乘公车，离开这个南北狭长的半岛。纵使过港隧道二十多年前就打通了，但那是漫长而荒凉的颠簸公路，近一个小时的顿踬旅程，工厂、货柜场和造船厂单调地连绵着。勉强有三四小村镇夹杂，以二三十年前的暗灰风貌，继续活存其间。

　　有几位老妇人比我早到多时。其中一位，带着一对小学双胞胎姊妹来探亲，准备回到前镇。另一位阿嬷拎着刚刚购买的食材，她住在半途的中洲，旗津市场的货色比较丰富，有时便过来瞧瞧。再者，此地还有一条著名的干货街，许多熟悉的游客谙于到此浏览。那街衢狭小而短，紧邻市场旁，可以买到便宜的鱼松、鱿鱼丝和腌制鱼类。年节到了，她还特别买了一副此地的乌鱼子。

　　我问那对小姊妹花，著名的赤肉羹如何？她们摇头，好像没什么印象。其实我只是随便聊天，打发时间。这一经由电视宣传驰名的美食，刚刚才吃过，并不觉得有何美味值得书写。后来，我提到芋仔霜淇淋，她们就害羞地点头了。那是中洲三路上，一家老牌冰店"斗六冰城"的特产。

　　老实说，我最想走访对面的阿D面店。只可惜，铁门深锁，暂停营业。这家潮州馄饨面价廉味美。远道而来，渴望在此品尝的期待落空了，心里难免有着挥之不去的芥蒂。

拎着乌鱼子的阿嬷，在旁听得起兴，主动问我吃过蘸姜汁粉的番茄吗？我猛点头，这辈子唯一记得的，恐怕是嘉义喷水鸡肉饭旁边的那家冰果店。阿嬷提示我，此地的"快乐番茄园"，是她的最爱。

我正好奇，急欲追问时，公车来了。一辆屁股后凸的小型巴士，似乎很适合在此一狭小的半岛街道来去。轮渡站是终点，除了我，乘客都是老人。公车绕回中洲路的菜市场时，还有十几位老妪老汉拄杖等候。我赶忙起身，让给一些行动不便者。才第二站，小小的公车便满载，老人们似乎也站习惯了。

车窗外，我看到，一辆熟悉的小货车载着儿童回转摇摇车在路边营业。上了年纪的老板，穿着老式

旗津 天后宫

sebiro[①]，眯着愁苦的笑脸，分送给每位搭乘的小朋友，一人一只气球。这种中南部流行的游乐设施已不多见了。我刚刚下抵旗津时，老板是最早跟我打招呼的陌生人。他也不是在地人，但最近都滞留此地，许多小朋友固定来搭乘。从前镇到此的路途太远，下回他再来，可能还得过好一段时日。或者年纪已大，不会再来了。

到了旗津小学，有些老人下车，但也继续有上车者。公车继续摇晃，一站一站地停靠，接送各个角落的老人，慢慢地驶向半岛南方。半岛的老人们似乎只能靠35号公车和渡轮，跟台湾联络。不知不觉中，我站着竟也打瞌睡了。猛然间，被车子停靠的力道惊醒，差点摔倒，倒是旁边的老人各个站得挺直。我往车窗外再细瞧，站牌写着"中兴里活动中心"，猜想离那中洲轮渡站不远了。改天，时间充裕时，我还想在此陌生而偏远的半岛之南下车，以更加疏离而荒凉的心情，再搭乘中洲渡轮，随船首划破浪花，旅行到前镇去。（2008）

---

① 日语，西装。

CARTE POSTALE

真幸福，我在旗后燈塔觀看，
大船出嘀。

旗津轮渡站

旗津南端

蚵寮

POST CARD

因為洪通的關係，
不敢吃燒酒螺的我，終於買了一包。

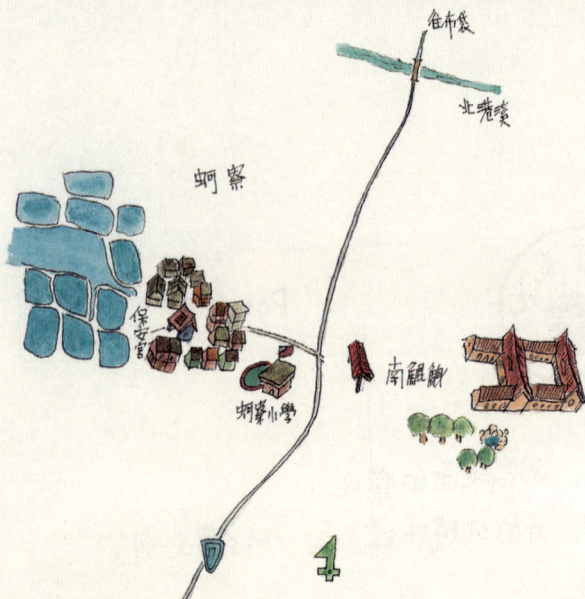

南鲲对面的小渔村

　　台十七线是西海岸最边陲的主要干道，也是土地和村落相对荒芜的公路，但贫瘠海岸的寺庙，一间比一间壮观，一栋比一栋辉煌。

　　位于急水溪南岸的南鲲代天府，更是金碧亮丽。不管从哪一方向，远远地，都会看到它庞大地矗立在平野。它的富华和雄伟，让周遭的虱目鱼鱼塭更加灰暗，近邻的村庄也愈加低矮。它的睥睨一切，更让我无端地想起了北京紫禁城的恢宏。

等接近代天府了，我才了然，那庞然建筑是乡民精神生活的寄托。每逢节庆，各地的游览车一辆辆驶入。广场不时发出轰隆的鞭炮声，欢迎虔诚的香客群。纵使非假日，代天府依旧热闹非凡，常撑出嘉年华会般的喧哗。

相形之下，附近的村子，仍跟过去一样贫穷地寂静着。

以前去那儿，偏爱观其画栋雕梁、进香祭典之种种。前些时再访，开始好奇，这么庄严的大庙旁，小村的生活景况如何。

我之所以兴致大发，主要是早上散步时，屡次看到一些妇女骑摩托车从村子里出来，有的布巾包裹着手脸，赶着去蚵田工作。但更多人骑着车，一早赶到代天府煮饭炒菜，服务各地来访的香客。

另一个好奇来自某位传奇人物。一九七〇年代，许多艺文界朋友，可能还不知南鲲代天府为何，亦不知其庞然，却熟知这一微不足道的小村。原来，鸟不生蛋的这儿，诡异地出现了一位天才型素人画家，洪通。

洪通逝世已过二十多年，他长年生活的小村现在如何呢？我朝这个叫蚵寮的地方走去。

从外头远望，对面有两家便利商店。一家叫卡来，是典型家庭式的个体户，已经营多年。三百米外则有一家连锁的 7-11 咄咄逼人。卡来占尽了地利之便，还能勉强对峙。两家店各自坐落在台十七线，而不是村子里，自可想象消费人口可能不多。

通往村子的路上，有一大片鱼塭，填了不少废土，准备作为停车场，无疑是为了应付代天府愈来愈多的香客。再往前，社区建了一座精致的竹亭花园，门口对联写着"蚵肥蟹美"。这一对照便相当讽刺，竹亭原本该面对绮丽的辽阔渔塭，日后却可能得遥望大小游览车里的游客了。

竹亭不远是一户商家，楼房招牌只有火红三个大字：豆花店。一个以蚵仔为主要产地的小村，它的手工豆花可能出色吗？我试点了一碗，香醇绵密，不输台南府城的名店，而且一碗才台币二十五元，当下颇为惊奇。

三十多年前，洪通开始热中绘画时，豆花店老板也开始创业。如今他还有一辆豆花小货车，偶尔驶至代天府贩售，但多数时候像游牧民族，经常奔波于台十七线，楼房本店则由女儿看顾着。

这是村子唯一的一家冰品饮食店，再进去就没有了。接下来，大抵是寻常的红砖旧瓦之老厝，比邻新式公寓。蚵寮靠近海边，绿色植物存活不易。每家都爱摆上几盆绿色花草，藉此消弭色泽之单调。

避邪的植物尤其受到欢迎，比如蕲艾、抹草等，许多住家特别偏好在门口摆上一两盆。可见海边生活的人，多么仰赖自然神灵之保护。代天府的壮大存在，多少亦可由此印证。

村里历史最悠久的寺庙是保安宫。保安宫前常有剥蚵的妇女集聚，搭个凉棚，三四人就地镇日剥着。而另一边，老人多数坐在那儿，没渔获时，也常闲聊一下午。

保安宫广场左边是公有菜市场，很小。楼顶架有一个大广播器，当蔬菜和水果运来时，都会大声告知村人。菜市对面则有一家面摊，主要靠村子里的人光顾。反正也没游客，根本无需店名。

庙右边的社区巷弄划一，整齐而干净，同样植有许多园艺植物，显见社区求好心切，清楚地让蚵仔的腥味和脏乱围于庙前广场。

广场更前则是整治过的公园，一些现代的亲水公园设施，应该花了不少经费，企图创造把这个小村带向什么富丽农村的可能。不过，显然很少人利用。一旦台风淹水，或许就泡汤了。

我随兴地游走，看不到洪通的作品和解说导览，或许它不是那么迫切的需要。一个卖烧酒螺的小贩，从代天府载着兜售的食品回来。卖不掉的，只有今晚自己吃了。

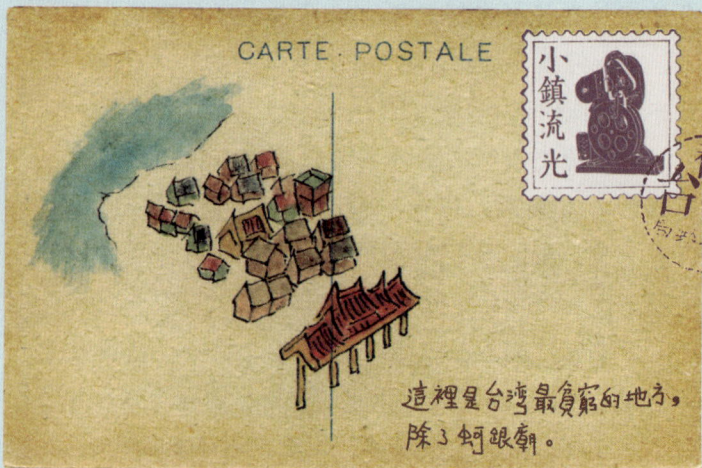

CARTE·POSTALE

小鎮流光

這裡是台灣最貧窮的地方，
除了蚵跟廟。

小鎮
流光

一九七二年洪通骑铁马，从这里载着画，跟老婆一起前往代天府。老婆继续在榕树下卖金银纸，或许还有烧酒螺，赚取生活费，他则在那儿首次公开展示自己的画作。谁知，天底下就这么巧合，一位外文杂志的媒体记者旅途经过，注意到他的作品，试着在杂志上介绍。没想到，洪通一夕爆红，成为台湾知名人物。

　　洪通在五十岁那年，忽然对绘画产生兴趣，狂热地投入绘画创作世界。大家不免好奇，蚵寮到底是什么样的地方，竟能培养出如此怪诞的艺术创作者。

　　当时慕名而来的人络绎不绝，若以今日的旅游观点和社区营造的理念，这里合该因洪通的出名，规划成一个观光小镇。岂知热潮过后乏人拜访，蚵寮再度回到昔时的安静。洪通过世后，蚵寮更被人遗忘。

蚵寮 Tainan-Eliao

我后来经过蚵寮小学，看到一栋大楼，墙壁上有许多孩童仿洪通的画作，但全都即将拆除。

我思索眺望时，豆花伯回来了。他打算把三层的楼房都变成豆花店。游客很少进来，还敢扩张营业？但他信誓旦旦，相信自己的品质独步南台湾，那样夸口的神情，又让我想起洪通晚年的天真，一张画都不想卖，最后贫死家园。

蚵寮人一旦痴迷某种事物，似乎常编织不顾现实的梦想，期待美好的日子。以前如此，现在亦然。这样的蚵寮只好继续清静，继续百年来的孤寂。在台湾之西，独望代天府。（2009）

盐水

八角楼

我抵達的下午，
八角樓屋主正在柴燒紅豆。
後來就在隔壁吃到美好的紅豆剉冰了。

POST CARD

122

意面、蜂炮之外的盐水

　　每回拜访盐水，都会避开蜂炮的节庆时日。每回也循往常的惯例，先到菜市场，走访那一团挂着阿桐、阿三、阿明等阿字头店名的意面小摊，叫一小碗干意面，顺便点个外地人较少知道的肉燕酥汤。一碗汤两片油炸的肉燕酥，甜脆地混合着细扁的面条进入脾胃。年轻时，前往盐水的摩托车之旅，啊，就这样简单地满足了。

　　现在就有些不一样了，虽然继续去吃那飘散鸭蛋味的意面，但总还会行礼如仪，带着愧疚的心情，徘徊到八角楼，思古幽情一阵。仿佛政治人物的走访，一定得去拜码头，向地方的角头致敬。然后，再到桥南老街走逛，拜访那位屡屡拎着月琴弹唱，走在街心自娱娱人的退休邮差。或者，跟打铁师傅寒暄几句。说不定，又会订购一把刀背浑厚的小水果刀。

前些时再去，看到八角楼对面，几间并排的旧屋热闹了，分别挂上文史工作室、游客服务中心和诗路咖啡等字号。这些店面一起经营，往往微妙地预示着地方风物和旅游的紧密结合。有可能，日后会往更深层的地方文化发掘和扎根。我好奇地走进去参观，浏览那些老镇生活的历史照片，因而意外地得知了一条"台湾诗路"的存在。

对盐水文史工作室的朋友来说，现在他们最自豪的，或许不再是桥南老街，更非八角楼、糖厂车站等旧建筑，而是这条通往学甲路上的"台湾诗路"。这条无中生有的诗路，据说是当地一位爱好艺文的地方人士捐赠的，再利用极为有限的经费，打造出来。捐赠者还把部分农地充当诗歌表演的场地，搭盖了艺文咖啡屋，配合诗路的存在。

诗路的位置是一处靠海的荒废地，大地开阔，举目望去尽是虎爪豆的绿肥植物，可见土壤之贫瘠。诗路原本是条笔直的产业道路，路旁为嘉南大圳分流的小水圳之一，隐喻了灌溉诗路的绵长水源。设计者利用路边的空地，铺设了一条低矮起伏

的红砖墙。每两三米，砖墙上即以陶版嵌入一首台湾诗人的诗作，两百米的诗路，共八十首诗。

诗路这类文学步道，全台其实出现了不少条。最早从美浓，到晚近的八卦山、云林华山、新竹尖石等，都有不同性质的文学步道出现。文学步道的出现，并非地方开始重视人文了。毋宁说意味着，以自然资源景观或以民俗风物为主题的地方旅游，可能达到一个饱和点。地方人士转而撷引文艺的元素，试图拓展新的旅游风景，藉以扩充地方社区的景观内容。

此一诗路的出现，却跟其他文学步道有着若干的差异，颇值得省思，也可作为将来社区居民规划文学或哲学步道时的参考。这些诗作相当纯粹，几乎都是早年台南地区的诗人，或者是当代较具本土代表性诗人的作品。

可惜的是，砖墙上只有诗作和诗人的名字，并无作者生平或诗作来龙去脉的简短介绍，一般游客无从深入理解。再者，尽管都是本土诗人，综观现场作品，却难以厘清一个选定的规范和标准。有不少还是以闽南语完成，光看文字很难了解个中涵义，唯有透过导览人员的朗读，方能感受声韵的优美和亲切。或许，选诗者应该在入口的一对大榕树旁书写理由，游客才能知道这些诗和时空的对话基调，或者摆置现场的意义。

不过，有些诗还是相当让人感动的，尤其是念到在地诗人描述地景的质朴诗作，遥望着平坦无垠的灰蒙蒙大地，心头总有难以压抑的激越，那种感叹绝非任何一首当代流行名句可取代。譬如台南佳里诗人林芳年的《在原野上看到烟囱》（1936）的一段诗句：

> 在乡村增建一个工厂
> 又是增殖了一个悲哀
> 埋掉广茫沙漠的原野
> 兄弟啊
> 又增加一家臭油漆工厂了

又譬如台南七股诗人许正勋的闽南语诗《曝盐》（1990）：

> 日曝盐会闪晰
> 日曝人汗水滴
> 滴啊滴　滴啊滴

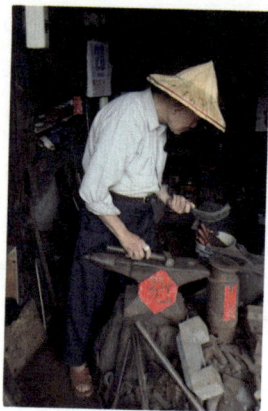

滴袂离
盐粒内底有汗味

敢有通买番薯
敢会冻配咸鱼
敢有法度籴一寡仔米
啊　犹原爱看天

　　这是透过土地升华，长年生活在此，才可能积蕴出来，百分百反映现实环境的文学语言。基于这样的情感，我对未来地方的文学步道，总会积极地建议，何妨就以反映当地景观和风情的内容为主，决绝地展现一个小镇的盐分特质。

　　作家无须名满天下，而在于他和小镇结缘的情分。文学步道如是，地方旅游方能丰厚。（2010）

啊，好想写一首银这里相关的闽南语辞

台湾诗路

东石

东石　蚵仔包

CARTE POSTALE

說到蚵嗲，還是王功的好吃。
但坐在這兒的廟口，真的有不一樣的鮮美。

小鎮
流光

东石　Chiayi-Dongshi

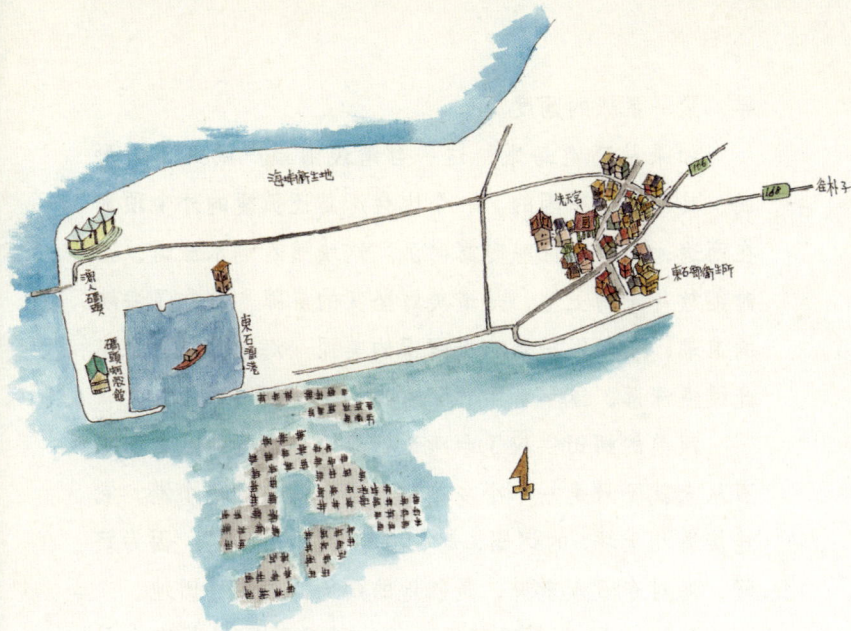

东石的青蚵生息

    站在堤防，往外海远眺，灰沉沉的蚵田横陈着。那是在地人世世代代日日艰辛工作的家园。光是简单地凝视，在徐徐海风的吹拂下，任何旅人都会从单调的现场感受蚵农的辛苦，但想必也有着抵达异国的微妙感受。

    眼前辽远摊开的，是一片陌生而疏离的浅海。蚵架密密麻麻有序地散布，像数以万计方形图阵的诡异密码。你仿佛搭乘太空梭进入时光隧道，驶抵未来的世界，某一星球的国度。

如果从高空鸟瞰，这一台湾浅海最广阔蚵田的形成，其实是有原因的。一个比台湾岛还孤瘦的外伞顶洲在西边，如一头巨鲸时露时沉。这块随着潮水涨退，不时缩放身子的土地，是道美好坚实的屏障。挡住了海峡的浪潮，长年保护着东石蚵田的美丽。海水日复一日在此缓慢涨落，遂孕育了竹架密布的丰腴蚵田。

眼前的蚵田供应了台湾近四分之一蚵仔的产量。东石从来就不只是一个小乡小村，或者一个袖珍小港。它连接着几千坪①的蚵棚，是名副其实的"蚵港"。因为蚵仔，海对东石人来说，是陆地的延伸，另一种田地。

从渔人码头走回东石，往内陆眺望，村落中也尽是跟蚵仔相关的过活。最常见的是低矮的蚵寮，堆积如山的蚵壳，以及经年不断的剥蚵风景。白日时分，随便一个角落，总有在地的妇女，甚至一家大小忙着低头工作，仿佛永远有处理不完的蚵仔。她们以蚵刀利落而娴熟地自坚硬多皱的灰白之壳取出蚵肉，每粒皆如国画黑白山水般的翠玉白菜。

东石蚵仔的肉质鲜美细嫩，咸中带有自然甘甜，更是远近驰名。饕客最爱的吃法，莫过于现场品尝原味。但我不敢吃生蚵，只好观看。虽无舌尖的悸动，看着蚵

---

① 台湾常用的建筑面积单位，沿用日本面积单位。一坪合 3.3057 平方米。

棚蚵架的排列美学，看着蚵农人家的勤劳工作，从一幕
幕现场的人世风物，我还是感动得无法自已。

　　走下堤防，沿此间蚵味四溢的巷弄，开始寻找在地
的著名小吃，蚵仔包。一个不吃生蚵，害怕腥味的旅人，
还好，尚能藉由烹调方式的转换，接触此一生鲜海产。

　　这一小小如福袋的炸物，许久前，在布袋吃过一
回，怀念不已时，总会到台北宁夏夜市解馋。但宁夏夜
市的，跟布袋的颇有落差。一则食材味道明显走偏，过
度喧嚣的商业气息，更有一种说不上来的情感失落。总
之，若不走访产地，就是吃不到蚵仔包的内涵。

　　蚵仔包不只布袋出名，东石也有家知名的。很快
地，我便在小巴士来去的大街找到一家叫"阿春"的小
吃店，老板正忙着制作。

只见一个小铁碗里，铺盖做好的圆形面皮，以拳头顺势轻顶出一个凹洞。接着，放入事先备妥的馅料。馅料里的食材，以鲜绿切段的韭菜、粉丝为主，加上虾米、红葱头、盐、糖和胡椒等调味，一起搅拌而成。

一大瓢馅料放妥，随即摆上肥嫩的鲜蚵。我虽未细算颗粒，直觉一定比台北多。接着，打颗蛋于上。收尾时各地又有差异，东石的略为打折便收成包裹形状，布袋的较讲究，总会在面皮边缘捏出褶裙条纹，再封口。最糟的是台北，往往不讲究此一功夫，直接包裹成球。没此诚意，对我来说就不算蚵仔包，也不布袋不东石不嘉义了。

包裹就毕，东石的往往直接下锅，但布袋的便讲究了，此完整样物先放铁板油煎，将封口处定型，好让汤汁锁在面皮里头，油炸时才不致漏失。等表皮略显金黄，再丢进油锅。两边热炸的时间都差不多，七八分钟后，一个外表酥脆、内头鲜美的金黄蚵仔包，饱满地问世了。

我在阿春那儿买了一个，坚持不切开。再走回海堤，一边望海一边享受。

远方有游客和蚵农往来，我轻咬一口，轻脆之面皮裂开，肥美鲜甜的蚵仔露出时，还混合着鸡蛋和韭菜的香气，饱含汤汁的粉丝也随之满溢而出。啊，整个海洋的风味，在那轻咬当下，澎湃十足地涌上了。

吃完蚵仔包，再度沿海堤散步。走了一个多小时，肚子又有些叽里咕噜，决定找蚵嗲食用。

想要找到著名的蚵嗲，必得拜访先天宫。

先天宫是东石的信仰中心，主祭五府千岁，三百年历史了。最有名的祭典是王船祭。每逢四年一遇的农历十月十五日，五府千岁出庙绕境，隔日王船启程、点火送驾，届时锣鼓喧嚣，鞭炮响亮，热闹如过年。平时村人也偏好在此闲逛，前面常有无数小吃摊。周二晚上则固定有小型夜市，六七家非蚵之小吃摊，吸引人潮集聚，猪牛排尤其受到欢迎。

一家著名的庙口蚵嗲，就在老庙右侧抢眼地坐落着。它的门口有一简单招牌写着"六十年蚵嗲老店"，没店名，只强调年份历史，清楚宣告，这是间经得起时间考验的老店家。目前主要负责的已是第三代，但第二代的阿嬷不良于行了，还是亲自下锅，蘸粉的动作犹相当利落。此店以蚵嗲起家，因为生意不恶，周遭便群起仿效。目前庙前集聚三四小摊，皆以蚵仔作为主要料理。

我抵达时，老店已有四五人排队。等候时，前面的男子看我一脸陌生，研判是游客，随即跟我亲切地聊起蚵嗲。这是他们从小吃到大的家乡味，他刚刚从城里回来便赶到此。

蚵嗲的内容各地乍看外貌相似，仔细对照因地制宜，还是有些差异。譬如著名的王功，其蚵嗲除了当地的鲜蚵，搭配的韭菜主要来自附近的溪湖。外皮则使用了黄豆和稻米，磨制成粉浆。东石当然也是在地食材，但成分就不同了。除韭菜和高丽菜混搭外，还会放上适量的姜末去腥。

六十年前，吴家靠着一只泥制炉灶、一个装白色粉浆的老瓮，以柴火油炸蚵嗲，养活了一家人。如今柴烧变瓦斯，火候好控制，工作方便许多。但他们对老旧东西仍有情感，老泥炉继续使用，几十年的小铲子犹在装食物。还有那老瓮，随时应客人要求，端出来展示。我到此一游，不只想吃旅游指南较少提起的东石蚵嗲，也想瞧瞧调制出这等地方美食的老旧器物。

第三代的大儿子吴振祥原本是厨师，在外头工作了二十多年，看到父母年事已高，决心回来接棒。他把自己在外头的料理经验带回来，尝试把单一的蚵嗲变成多样的鲜蚵料理，比如蚵仔炒面线便是一例。他创造了不少新菜色，但蚵嗲还是招牌。蚵嗲仿佛有一种海洋的单纯，继续在这个年代坚持古老的风采。

我也才恍然惊觉，自己的走访为何只一味探求这等一二小食。原来，蚵田蚵海蚵屋蚵的人生尽在其中。

五分钟热锅油炸后，一个东石蚵嗲金黄滚烫地浮露了。

油炸完成的蚵嗲跟蚵仔包，对照亦趣味横生。蚵仔包精致内敛，蚵嗲却是粗犷于外。蚵仔包小心翼翼地紧守于东石、布袋等小城小镇，蚵嗲刚好相反，凡西海岸有蚵仔之处，必有它。

一个似福袋，一个如飞碟，都从那无数星罗棋布的蚵田带来海洋的生息。（2012）

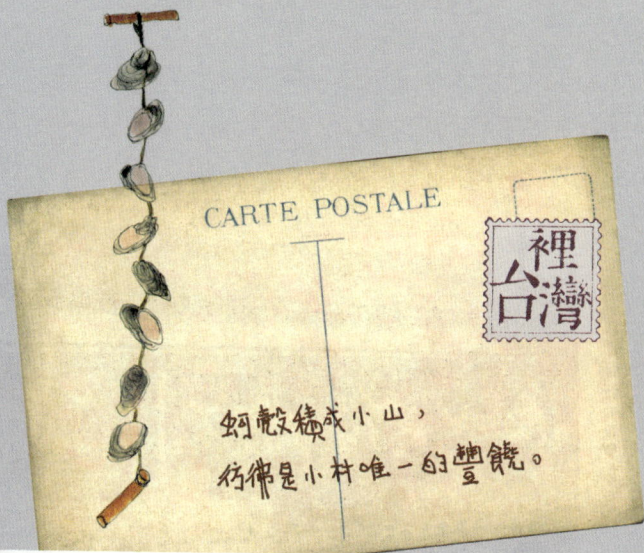

CARTE POSTALE

裡台灣

蚵殼積成小山，
彷彿是小村唯一的豐饒。

集集

下午五點，火車即將進來。
我終於可以逃離集集了！

台灣
27. 3
紀念

136

别在集集下车

　　星期日黄昏，搭乘支线火车抵达集集，大概是这个小镇最为疲惫，也最厌倦自己的时候。

　　火车泊靠时，下车和候车的人纷乱地推挤在月台，活像大陆过年返乡的人潮。好不容易走出车站，眼前的广场同样挨蹭着游荡的旅客，人人瘫痪般地坐在圆环各个角落休息。前面的街道则车水马龙，依旧在塞车中。

　　我和内人像两尾游进草泽、逆流而上的鱼，辛苦地穿梭于街上，躲避各种大小车辆，最后安然弯入小巷，即将抵达著名的"阿嬷臭豆腐"。未料，前头排了长达一百米的队伍，都是等着吃臭豆腐的游客。

　　我们排了一刻钟，眼看队伍毫无移动，随即有了识

集集　　137

时务的觉省。小镇之旅为何非得品味时兴美食呢？如此反问自己后，当下便断然割舍，走往另一边了。

但也不知为何，还是心有不甘，又绕到另一处著名的炸香蕉小摊。结果情形雷同，小小的摊位竟也围集二十来人，还得抽号码牌等候。趋近细瞧，炸的不只是香蕉果肉，连香蕉皮都取来油炸。想不到，不值钱的香蕉皮也有翻身的一天。

我们决定分工合作，内人抽了号码牌后，在那儿等候。我走到另一个摊位，购买此地的黑柿番茄，准备蘸姜汁粉食用。黑柿番茄是此地颇重要的物产，这时节正盛，但知名度显然不若前两者，我很快即买到。

买到香蕉酥后，兴奋地带到广场食用。一边满意地望着周遭，因为这一吃，对刚刚的拥挤稍稍释怀了。

集集火车班次很少。一天只有四五班，节假日也不增加。还有一个小时，火车才会到来。我们这种习惯使用大众交通工具的自助旅行者，早已学会等待，以及充分利用中间空当。

我无所事事地望着好些年轻男女，骑着租赁的脚踏车快乐经过，不免想起了7-11在此拍过的一则电视广告，《跟我一起去旅行——集集秋之恋》

的美丽场景。

我们乃想起，刚才绕街时，看到一家坐落街角、位置鲜明的 7–11。广告如此宣传，想必这间便是此类连锁店里的指标吧。好奇前往，果然，那儿拥有厕所和宽敞的餐桌椅。能够有一处可以吹冷气的所在，心头涌上一阵感动。

只可惜到处可见的 CITY CAFÉ，偏偏此间就欠缺。心头无奈地惋惜着，真想写封信去建议。后来，走到莱尔富旁边，发现居然提供了咖啡座，还卖伯朗咖啡。天可怜见，让我如在洪流中找到了栖身的漂木。

喝完咖啡，我们试着走逛车站附近的流动商圈，凡台湾最常见，以及最不想购买的庸俗糕饼、蜜饯和艺品等，在此排成长长密集的临时商街，虽说目不暇给，但委实毫无特色。

浏览不到一半，我们的心情更累了，疲惫地退回车站前的广场，现在似乎只剩这一角，还能从容呼吸。这儿也集聚了愈来愈多的游客，萎靡地坐着，像逃难的人群。

整个小镇好像在瞎忙，没有什么精致的旅游动线。绿色隧道、明新书院以及特有生物中心，指标历历在目，但似乎都位于远方一角，无法跟这儿有着宽敞而安静的联结。

回到广场后，我们已无所欲求，只期待火车准时到来，快点载我们离开这个过于喧嚣的小镇。一边等候着，我回想起早年的集集。

这是什么小镇呢？"九二一"地震之前，我曾经在此候车，那安静如海线的诸多乳黄色木造车站，比如日南、新埔和大山，都有素朴的候车室，安静的木造座椅，可以携一本小说，悠闲地阅读。

"九二一"地震之后，集集车站仿照过去之样式重新建筑，游客人潮逐渐回笼，甚至超越往昔。车站旁边，还设有一体验"九二一"地震的园区，里面却是常见的游乐设施。按店家的说法，搭乘云霄飞车和旋转木马，也是体验地震的方式。

最后，当我和内人背靠背疲累地闭目沉思时，竟然听到了小提琴悠扬的旋律。我好奇睁眼，朝乐音传来的走廊望去，突然看见一对老夫妇。老先生忘神而专注地拉着小提琴，老太太则坐在长排木椅上，帮他处理音响，同时看顾着一个打赏箱。

我们提振精神，好奇地走过去观望。近瞧才发现，老夫妇是盲胞。老先生拉了首勃拉姆斯的协奏曲后，再拉一首柴可夫斯基的，才歇息。周遭兴起一片如雷的掌声。但只有一个人投钱到打赏箱里，我赶忙再补上一枚五十元硬币。

这时旁边有人喊道："你若会拉一首《思慕的人》，我就给你两百元。"

老先生沉思一下，为难地苦笑道："那曲子不太熟，不会拉。"

那人扫兴地离去。老先生继续演奏其他古典名曲，优雅、美妙的乐音流泻于嘈杂的人群间。但潜心聆听的人并不多，多数人还是处于极端疲惫的状态，也不知到底是玩得太累，还是像我们一样，被挤得无处可去，退到这儿喘息。

我突然感觉自己好像身处电影《泰坦尼克号》的场景，大家正急着准备逃亡。即将到来的火车，一如救生艇。而专注地拉着小提琴的老夫妇，则是电影里，那一群继续为旅客演奏的音乐工作者，专心着自己的最后演出。

后来，我和老先生聊了一下，他姓刘，小时曾受过科班训练，那年代集集很少人会拉琴。"九二一"地震之后，家徒四壁，只好每星期假日，来此车站的回廊下表演。

我则因为这小提琴的演奏，在临去时，重新对集集萌生一个好印象，好像那是此地唯一还纯净的声音。（2007）

员林

POST CARD

我跟著年輕人的腳步，
走進員林的核心——光明街

台湾第一镇，员林

　　站在月台，抬头即可望见写着"铁路谷仓"的灰色烟囱，荒凉而巨大地耸立于北方的平交道旁。那种破败的感觉，俨然隐喻着这个镇的衰退。现今中南部城镇，很多地方都有此等空荡厂房的地景。

　　但员林真是这样吗？谷物无须仰赖铁道运输，加工食品不再风行，真意味着这个镇没落了？不然。相较于其他城镇，员林是少数的例外。它仿佛溢出时代的轨道，继续停留在一九七〇年代，继续在充满活力的氛围里昂扬。

车站前，小小紧实的繁华商圈和圆环动线就是一个提示。出了圆环，小镇的繁华更排山倒海而来。中山路光明街中正路博爱路，一条并行一条，构成了著名的林仔街商圈。每天仿佛都在张灯结彩，把台湾第一大镇的喧嚣和热闹，淋漓地敞开。

大清早，我会先将目光集中在博爱路。从北边的华成连接到第一、第四公有市场，现在是这条路最活络的时段。瘦长的街坊拢集了周遭众多小乡的农产。对喜好买菜的人，长达一公里的街市充满探购的丰腴风景。

中午以后漫游的地景就要逐渐挪移，中正路或许最适合用餐。多样的饮食店和小吃集中于此，形形色色的招牌横伸直竖，参差于街衢间。一间间门户狭长的店家稠密比邻，不论饼铺、药店或寺庙，仿佛透过此一簇拥，热闹便不会消逝。

黄昏时，窄小的光明街上，一间间衣饰、鞋店和皮件器物的个性小店似乎偎集得更明显。街路也常因商家货品的溢出，变得更加局促。店面也更鲜亮活泼地展现自我风格，吸引年轻族群的集聚。

惟我的观察乃一游客之浮光印象，远不及在地作家邱美都的生活历练。早在四年前，她便淬炼出心得。短短几句闽南语诗句，韵味十足地点绘了这个大镇的精髓：

猪肉青菜归早市

婿衫婿裤在人试

好食物仔摆暗时

员林百货拢抢市

人客倌　百百是

林仔街记治

藏一市啊　藏一市

　　这诗妙在最后"藏"的提点。三四回走访后，好奇静定了，我终于懂得藏。华丽繁复的商店招牌下，好些历史街屋常被遮掩。红砖窑瓦的洋楼，华丽藻饰的山墙，每栋都像一个视窗，点进去，述说不清的故事，串接着过往的风情。

　　后来我体悟最深的藏，环绕在第一市场周遭。市场前的十字路口是个大节点，从早到晚总是往来如织，赶路的蹓跶的进香的买菜的，都要来此过个水。

　　午后，喧嚣的卖菜时间暂告一段落，第一市场犹若满潮大退的海岸，历史再度浮露。侧身进去，终于瞧清，铁皮屋内部，一座与台中第二市场如出一辙的红砖屋宇，在我眼前

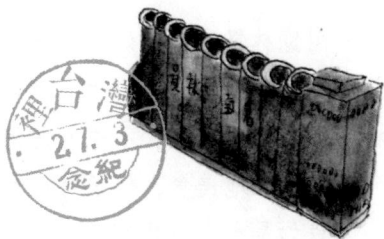

庞然坐落。那是员林之心，最底层庶民生活的本质。某种一九三〇年代巴洛克建筑风味继续散发，把传统市场的美好，或者这个镇何以非凡，落落大方地定型。

建筑如是，人情义理亦然。市场内好些营业良久的老摊，管他杀鱼宰鸡的，卖药缝衣的，很多继续以木造台面交易着。一间间窄小的世界，仿佛仍具体地凝结着日侵时代留存的风土。某些那时交谈的氛围，空气中也还飘浮着。

第一市场更像是时间的隘口，衔接清朝初年。打石巷当年是最繁华的街市，康熙时，最早的街型就在此奠基。古昔铁器尚未普遍使用，生活用物多以石磨、石槽和石臼为主，巷内以打石为业的店家便特别多。

敲打声起落间，员林地区的南北杂货、山产水果、日常用品、服装配饰陆续进来，在此活络地交易。只是风华尽在想象和书册间，如今仅剩黎明巷的"新源兴石店"等少数店面，以接近小型铁工厂的样貌残存，其他都拆除拓宽变成笔直的街道。

藏的部分如此，露的一端还是得回到几条平行的大路。

浏览林仔街，顾好五脏庙更是现实。大镇的特色便是小吃的丰富选择。彰化老城虽丰，却常以几款肉圆和爌肉饭牢牢摄住你，不吃它仿佛就没去过。员林不会拘泥于这些在地美食，似乎什么都可代表。

我如是点名番薯市鸡脚冻，可比台中东海。中正路

上的王谢米糕，乃必尝之站。博爱路上的米苔目，总要吃其中一间老店。至于光明街的两家肉圆，应可择一。

　　对此更熟稔的在地客，或者以为那是游客的食物。他们会选择更道地的拉仔面、凸皮面、鲎壳面之类。爌肉饭到此也要细分为爌肉、脚库和脚库皮。第四市场的南门肉粥，一年也得去个三四回。若论彰化县美食，半线城虽丰，当不致寡占，员林还可支撑另半边天。

　　作为第一大镇，员林是台湾早期城乡经济发展的缩影。从农业到蜜饯、罐头食品加工业，接着鞋业、轮胎、纺织等轻工业崛起，员林从未缺席。日侵时代纵贯铁路带来的运输方便，更让它超越了北斗。靠着交通运输，它活络了过去，现在也继续畅通。

　　也或许，你对员林还停留在蜜饯的印象，这镇仍是百果山下，把过剩水果腌渍，再输出的城镇。那样的员林还在，但从不在市街核心，而是零星散落在大镇周遭。台湾第一镇的阔气集中在车站前，看似俗气，充满乡土风味，却也展现现代都会的一面，活力四射地外放。

员林也不可避免和其他城镇一样，出现少子化和人力外流的问题，人口数量始终停滞。老镇街道仿佛停止发展，都市更新不易，更乏八九层以上大楼，在此一街心地带高耸。

但它是前无大城、后无都会的平原核心，去农业城镇的凋零，去行政中心的官僚包袱。它依着一个大镇该有的格局，打造自己的华丽，在彰化南部形成独一无二的商圈，甚至超越半线老城。

这样充满经济活力的老旧小镇，放诸台湾乡镇的发展脉络检视，颇具代表性。唯一欠缺的，或许是绿色环境的搭配。过去街镇的繁华之区，仿佛劳碌命，从没有休息。绿地规划在此，明显是失落的一环。

员林公园的出现便显得珍贵。在街镇过于高密度发展下，市民的社区意识终于觉醒。当地人经由长期努力，破除政商勾结炒地皮，确保了商圈周遭仍有一绿地空间的幸存。此一艰辛过程，或可当作其他城镇的借镜。

我时常在走累时，刻意绕到那儿，坐在此护守不易的空间休憩，一边远眺着兴贤书院，提醒自己回头观看这个大镇的发展。接下来，这个大镇如何跟更多绿色接轨，恐怕也是当务之急。（2013）

CARTE POSTALE

快過年了，
員林的小朋友也出來遊街

鎮光流

犁头店

犁头店老厝

POST CARD
THRUOGHOUT THE WROLD.

嬤嬤不能遠行，
我帶她到離家最近的老街，
買了米麩、蔴芛和鹹餅。

小鎮
流光

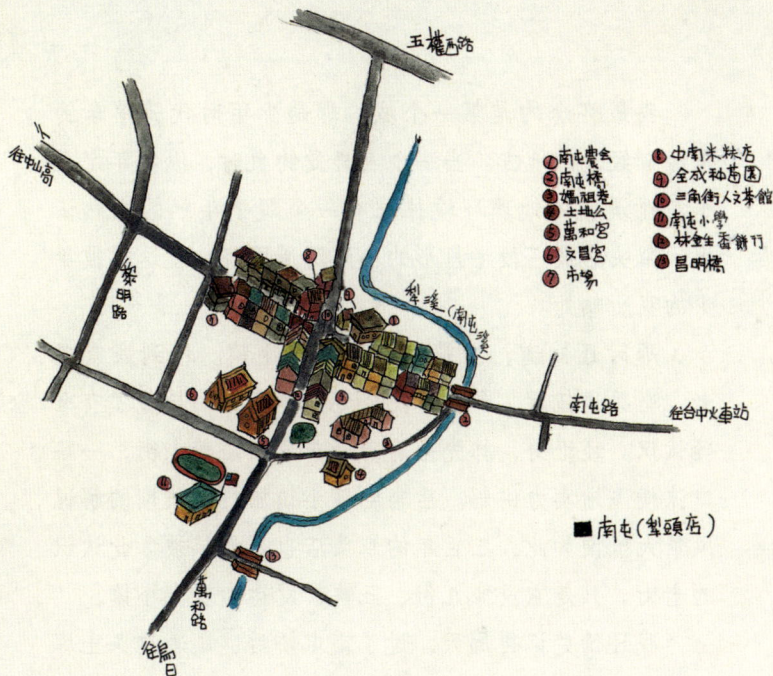

和犁头店一起老去

台中有三个城。

第一个城早在两百多年前出现于盆地，叫犁头店，位于现今的南屯。第二个在一百年前，主要范围在台中公园到台中女中附近。第三个二十年前才出现，从现今台中市的重划区扩散出来，迅速地把两个老城都包围进去。两个老城也在许多公寓大楼的兴起中消失了。

我最怀念的是第一个城。那是少年时代骑单车钓鱼经常经过的地方。当一个人喜爱钓鱼时，纵使年纪很小，对溪流的地理环境往往有一个超乎年纪的成熟认识。犁头店被一段半月形的小溪河道围绕，就这样被年少的我所熟知。

　　那时还知道，它是一个很老的小镇。但到底有多老，当兵退伍后，参加了民俗专家林衡道的导览才有准确认识。还记得，林先生肩着麻布袋，沿着老街，一路口沫横飞地卖力讲解。后来台湾小镇旅行启蒙期的解说风景大抵便如此，三百年的犁头店也是最早被如此认识的老街。只是它没像九份、三峡，发达为观光小镇。

　　我还清楚记得那天，过了南屯桥后，顺着这条土库溪的支流，沿着妈祖巷走进去，尽头是此地历史最悠久的土地公庙。庙后方是地方大庙，万和宫。万和宫前庙埕的老榕树，孩童时还尝试攀爬过。经由林衡道解说才知道，那是裕仁还是皇太子来台时，当地庄长为庆贺而栽植的，已经八十多岁。

　　每年农历三月，全台湾规模最大的字姓戏都会在这里上演。迎神祭、漳州祭、广东祭、泉州祭等，再加上各姓氏二十多天的焚香祝祷，百余年来从未间断。也或许，这一春日时节最能感受早年犁头店老街的繁华。

　　林老师的解说甚少谈吃，但一般游客到此，最大的乐趣却是小吃美食。朝三角街仔前去，中途有一家传统糕饼店，"林金生香"饼行，街坊惯称面龟阿涂，四代相传已超过百年历史。它的月饼依照古法，口感绵密，仿佛有种淳朴之味。现在为了衔接麻薏代表的饮食文化，还研发了麻薏饼。

在万和路一段，万和宫北侧的阿有面店，更是远近皆知。以前去土库钓鱼后，身上有几块钱，还会绕到那里吃它一碗，再欢喜离去。三十几年了，这家店的阳春面与鱼丸仍是过去的口味，颇得在地老饕的赞赏。以前许多南屯小学的学童，中午常到阿有面店，买碗"阿给"热汤和五香卤蛋。

万和宫前的万和路，早年为彰化城通往丰原的古道。沿着古道，清末台中一带的聚落，几乎都是三四百米方有两三栋民宅的散村。但在犁头店、四张犁、乌日这些发展较早的聚落，基于对抗盗匪的必要，自康熙末年就出现集村的居住形式。

那时丰原正逐渐形成一个重要的商业聚落，台中的第二个城连雏形都尚未出现。犁头店不只是中途大站，盆地正大肆拓垦，街上农具和药草店铺林立，遂成附近农具产品的交易中心。

制造农具的打铁店，全盛时期曾达二十九家，放诸全台湾，莫此为盛。岂知，几度沧桑岁月流转，如今只剩一间。一家叫庆隆的，位于南屯农会斜对面。蔡姓老先生十多岁便从事这个手工行业，日后把打铁的手艺传给儿子。他的儿子年龄跟我相近，当年我从台中城经过此地，前往附近溪畔游荡时，他已熟悉多种打铁的技艺了。

林衡道的解说，耗时最长的位置在三角街仔。这个地点是两大街南屯路和万和路交会的位置。过去是市集中心，现在仍保有数栋典雅的老建筑。最教人惋惜的是中南米麸店。

以前经过时，常听到突如其来的"砰！"爆破声，顿时烟雾萦绕，一阵扑鼻的爆米香飘送满街。这店两层楼的外观，曾是红砖形貌，颇为典雅。屋顶山头还有一个醒目的"赖"字，显示所有者姓氏。现在二楼几乎以淡绿的铁皮包围，颇教人惋惜。唯屋内狭小的木制楼梯还在，仿佛还有某些内在的价值必须坚持似的。

过往的繁华和尊严，现在似乎仅剩对街人文风味十足的三角街人文茶馆，以及比邻于旁开设的全成种苗园在支撑。这一隅硕果仅存的巴洛克式楼房，同样建于大正时期，立面外墙采用洗石子。三角形的山头很希腊风，雕花繁杂，一对天使分立两侧。柱子上端华丽地装饰着狮子，匾额中间则镶了一个"何"字。茶馆原是这儿最具看头的百货行。隔壁则是寻常服装店，原本同是巴洛克式建筑，可惜改头换面了。

犁头店街南边有一座昌明桥，衔接麻滋埔。这是古道通往鹿港、葫芦墩的必经之处，过往许多挑夫路经此处，都不忘在此歇脚，买碗麻薯填肚子。这种夏日盛行于中部的民俗小食，过去是圳沟和田梗边常见的植物。老台中人都懂得摘其叶，抽丝煮汤，里面加有地瓜、小鱼干，如今也是犁头店节庆时的特产。

年纪大了，我更偏好此汤。不论在哪，一口下肚，难免就会想到犁头店，更想到这座被遗忘的小城。可惜，此物不风行，除了东海岸，仅在台中盆地偶闻。（2007）

内湾

在新竹車站見幫，
看到往内湾的火車快開了，
但我很害怕前往。

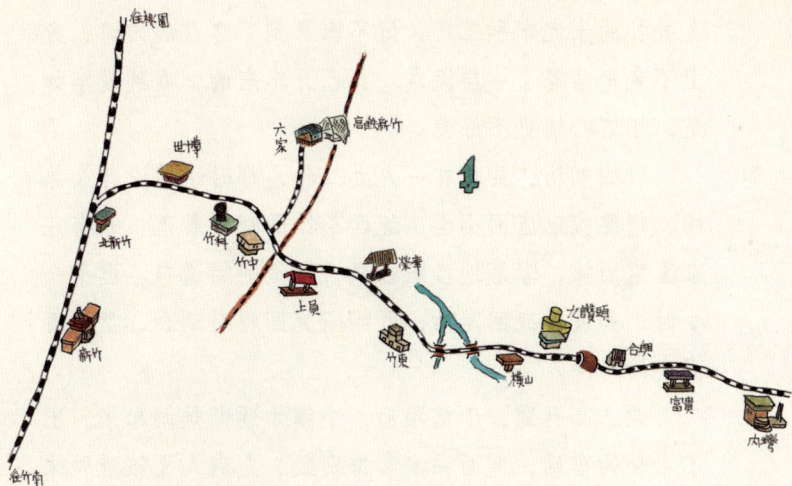

内湾的美丽与哀愁

上个世纪末，内湾线应该是全台湾最萧条、清冷的火车支线。

那时林业不再，路途偏远，北二高尚未通车。支线末端的小镇，连接着崎岖蜿蜒的山路，通往新竹尖石、那罗等泰雅族部落的偏远山区。

除了路途不便，还有另外一个因素让旅人却步。若从新竹搭乘支线火车前往，沿路每一站停靠，总会看见灰扑扑的水泥车和工厂。好不容易到了终点的内湾，身上不免也沾惹了一层泥灰。自己开车来的，看到爱车如是，相信心情更不好受。

我的初访，约莫在一九九二年，那时小镇没什么热闹。想要找家店面小坐，连卖茶饮的都没着落。只有几家客家面摊，零落地盘踞在吊桥附近的街道口。逛个一小时，和友人绕回车站，开始研究回程时刻表，盘算着离去的时间。

北二高开通，千禧年后，小镇才逐渐热闹起来。出了素朴的车站，迎面一家装饰别致、充满人文旅游风味的樱花庄，卖着擂茶和客家饭菜。还有别地不易看到的牛浣水、山粉圆。我们十来人一次造访，老板便手忙脚乱了。

往镇里走，还有一家一九五〇年代风味的怀旧小铺，店里尽是早年的生活物件和用品。巷弄间还有家小摊紧依药局，试卖小巧的野姜花粽。这种新研发的野菜馅料，口感清香，毫不油腻。

反向往吊桥那头漫游，添增了几家风味特殊的客家麻糬小铺。过了桥，一片淳朴的乡野风景伴着油罗溪，很有百年前西方旅行家笔下的"福尔摩沙"风貌。

更重要的是，小镇到处都有解说。木造内湾戏院、日侵时代驻在所、一九五〇年代林务局工作站、一九六〇年代天主堂等古意十足的建筑，前面都设有一素朴而不碍眼的枕木牌，扼要地介绍着这些小镇的地标。以枕木为告示牌材料，无疑是支线火车之故。游客透过这些解说，对这个一度繁荣的静寂小镇，多少有一大概的了解。

那时台湾经济低迷，政府规划以小镇旅游扩大内需，加上实施周休二日，观光旅游逐渐蔚然，于此我也嗅闻到一丝小镇再造的美好契机。尽管仍怀念早年的安静和素朴，所幸观光包装还未浓妆艳抹，敏感的旅人大体应能接受。

从一份到处可买得的地方导览，我还发现在地文史工作者把旅游的范围扩充了。过去游客到来，拘限在街上走逛，或者在内湾吊桥两岸缅怀，要不就下抵油罗溪戏水、烤肉。如今旅游还有一条外环的健行路线，供游客参考。它以三座古老的吊桥作为主轴，先在内湾小学后面的木马古道遗址参观，经过东窝溪的萤火虫环境，接着跨过高耸的攀龙吊桥，再去内湾和北角吊桥徜徉。喜爱漫游者，甚而可兴致高昂地走一段南坪古道，健行到山区尖石乡泰雅族的义兴村。

这样的内湾行程一

天是无法尽兴的。于是，你触兴第二趟再访的考虑和盼望。台湾许多小镇的旅游，其实也可如此规划。

惟又过三年，再带一些少年走访他们小时去过的内湾，才步下车站，随即被眼前特殊的景观吓着。

淳朴的车站主体建筑彩绘上樱花和蒸汽火车。车站旁还立着一座老太婆的雕像，肩着油纸伞和包裹。猛抬头，一个机器人爬在电线杆上。仔细看这两具似曾相识的雕像，突然惊觉，不就是小时常看的漫画，刘兴钦笔下的大婶婆和机器人吗？

再往街上看去，正对着车站的一家商铺，门面尽是漫画书和各种乡土文物。好奇趋前，赫然发现里面摆满了"阿三哥"刘兴钦的漫画手稿，以及各种教学和乡土艺术作品。原来，一九六〇、一九七〇年代闻名全台湾的漫画家刘兴钦是附近的大山背人。

内湾的热闹阵头也扩大了。除了漫画人物矗立，车站前的和平街，形成两百米的饮食店和艺品杂货店。内湾老街食堂、内湾栈等店家，都以商业气息的乡土味装饰门面，俨然另一个深坑或九份老街的翻版。连内湾戏院也沦陷，分割成许多贩卖食品和粗俗童玩艺品的小摊铺。

熬过一阵，野姜花粽则打出名号，好几家小摊都贩售此物，俨然成为新特产，但其他客家食物和别地就大同小异。

駐在所、吊橋、戲院，

這才是我的內灣。

如今节假日时，车辆已不易驶进内湾，外环道辟出好几个连续的大停车场和儿童游乐区，试图解决泊车的问题。有些外来的商家，索性小货车一靠，大剌剌地摆摊，喧嚣地吆卖物件。而吊桥对岸，好几家餐饮店辟林为园，如雨后春笋沿着油罗溪坐落，似乎在打造另一个新的休闲空间，都跟内湾很疏离。

以前在小镇上从容地徜徉，一点也不觉得累，现在逛半圈已挠扰不堪。我们躲到广济宫前的大树下休息。

"喜欢现在的内湾吗？"我问孩子们。他们沉默不语，像此地新设立的木臂式号志牌，指示标志静寂下垂。

倒是几位家长喃喃着过去的安静，明显地流露不喜欢现在嘉年华会般的街景。我也是嘴上不说，心里怨叹地兴发种种矛盾。担心它因过度商业而失去淳朴，却又不禁想为这个小镇的某些新创意击节。

此后，每回走访，我都心生这般挣扎。若要推荐一乡一特色的代表乡镇，内湾会是我最想推荐的地点。但若择选一个过度观光化的地点，大概也会以它为最坏示范吧。（2009）

九份

基隆山

小鎮
流光

這次我沒有走進九份，
而是繼續爬到雞籠山。
遠遠俯瞰這鎮，真的很悲情。

走 路 到 九 份

　　晚近爬山，膝盖容易酸痛，但为了坚持走路到九份，我选择从瓜山小学出发，舍弃了其他较陡峭而长远的山径。从外围步行到九份，这也是最短的距离。

　　时间多半是早晨，我在小学对面的公车站整理背包后，从容地走入低矮、灰黑的巷弄间。

　　晃荡时，不免抬头凝视基隆山东峰，雄伟地占据天空。要不，走到一处可以眺望北边海洋的山谷，欣赏着青黛那种蓝的深邃之美。走这山路，少了这等风景，往往是难以愉悦的。

我选择的这条，现今称为山尖古道。昔时峣崎难行，却是联络九份与水湳洞地区的要道。三十多年前，蜿蜒如蛇行的金水公路整修后，这古道行人少了，屋宇废了，而逐渐荒凉，没落，成为北台湾数千百条古道中的一条。

　　九份周遭古道的密集出现，大抵在日侵时期，现今的一〇二公路还未开通。前往九份的山径，少说有七八条。从牡丹、侯硐和瑞芳等乡镇村落，联络着这一个海拔两百多米的繁华山城，进而形成条条山径通九份的盛况。

　　如今我们重新检视这些旧路的存在，取了大粗坑古道、貂山古道、小粗坑古道等山径之名，藉以追念这些村落和九份间的生活渊源。甚而，透过走路，挖掘这一北部山区的乡野生活之美。

　　早个十年，我最热中于攀登那漫长的貂山古道，从牡丹迢迢前去，翻过灿光寮山的鞍部。甚至从鼻头角率性地纵走，横越东北角海岸的葱茏森林，再疲惫而满足地走进九份。

　　现在，体力心志不若年轻时壮盛狂野，脚步踩得空灵、不拘，看山看水更看自己内在世界的翻转，不免脚步放慢。

　　从瓜山小学到九份的崎岖山路，约莫一小时，在阳光炙热地笼罩山谷前，我有足够的时间滞留。有阵子，

特别喜欢在此拜访周遭的景点，若逢天候不佳，索性九份都不上去，待在山谷盘桓了。

最初穿过的地方，大抵是古道中途，一个不起眼的小村。地名颇有趣，叫五号路。想必跟挖矿有关，可能是第五个矿坑之类吧。

五号路展现了典型的金瓜石聚落特色。在这个多雨潮湿、冬天常有强风的环境，油毛毡的黑屋顶和木头红砖拼凑的矮厝，相互交替，夹杂在一些毫无美学的水泥公寓间。

如此零零散散，小村小落，沿着山势形成带状，彼此间靠着石阶的上下曲折，穿梭于溪壑，做了东西向的联系。村民不多，或许多半是老妪老汉走过。伛偻孤影犹若这儿一些被海风压低的树，或者畸零地的菜畦。巷弄间，经常安静地，只有野狗懒洋洋地晃动。

更多的是野猫，漫不经心地游荡。这段山路前半段曲折弯绕，增加了猫出没小径的乐趣。还记得第一回来时，遇见六七只，看来都是野猫之状态。它们偏爱在石阶小巷出没，从废弃的旧屋间探头，或者悠闲地横躺在半路。

我经过时，它们往往不情愿地起身避开，再回来，继续猫少见的慵懒之姿，躺如野狗的安之若素。仿佛今天只有我这个旅人，不会再有别人来干扰它们的生活。一个村落，连猫都如此散漫，愈加凸显它的偏僻。

循那石阶的曲折晃荡着。再往前，不小心一个转弯，常撞着一间安静的院落，一个精巧的物品悬挂着，告知着某一个艺术家在此蛰居。

或者，一间还未营业，也可能早就歇业的咖啡店，充满艺术风味地坐落着，似乎坚持某种宁静，颓废于某一个稍早的时光。没有旅客造访，那空间的存在，悄悄滋生了许多荒芜。

最近民宿美学崛起，许多空置的老屋都再利用。民宿密集，多样而小巧，大抵也是五号路这头山径的特色。这些民宿的存活，像某些海岸的优势植物，从九份翻过交界的隔顶，决绝地下抵此一气候恶劣之区，集聚在这一东北季风寒烈的山谷，活络地栖息，不适合其他区域。

比如，小学不远处的独栋房舍五金行小铺，静中取雅。这间迷你民宿只有一间，老板提供住宿，其他请自行料理。又比如小鱼咖啡民宿，从浴室厨房、桌椅吊灯，主人亲手打造一个闲适的空间，引领你远离尘嚣悠悠度日。至于南欧情调的月河民宿，兼有咖啡经营，那是一位从事纪录片的老友远从花莲来此圆梦。

在这路上徘徊，常一个转弯，便有灵光乍现的房舍风景。我享受着各种民宿的装饰，揣测主人的心思。整座山谷大体提供了一个生活疗伤的机会，任何在城市感到抑郁、压抑的人，仿佛都能在此寻获另一回生命的定位。老板如此，旅客亦然。

为何此区民宿特别多，猜想隔了一个繁华的九份，翻山过来，百年前矿工生活留下的荒凉环境，似乎也把那游客带来的兴致和乐趣好好地沉淀了。纵使不远处，金瓜石观光再度兴盛，似乎也不会影响此地的淳朴和宁静。民宿的松散，最适合在这等温床滋生。

此一台湾北端荒凉的大山谷，又濒临海岸，我想合该也是北台湾低地四季转换最清楚的地方。好比春天吧，难免常见乍雨还晴，山岚缥缈的时光。天气澄澈的暑夏，只剩蓝天白云和海洋相互辉映，唯独缺欠旅人。秋分时节愈鲜明，芒花金黄，散发铜亮的饱满光泽，随风翻飞一阵激烈的冷凉。至于冬季，阴雨连绵，凄风苦雨，雨雾弥漫的荒凉景致，恐怕是最萧索的了。

整体论之，早晨从五号路去九份，那常带冷湿夹杂海洋风味的空气，总比台湾各地多了北地的情绪。

此间山路上，还有一诡异之风景，大抵是过去冶炼矿物之陈旧弃物，或者残留的设施。这些人类科技文明前夕的工业物质，仿佛是在一场长时的资源争取战役中，被大自然彻底击败后，仓皇败退下残留于此，继续告知着，时间并非站在人类这一边。

残骸多半得远眺，最贴近古道者，大抵在跨越外九份溪处，三座桥梁构成的"三层桥"，上层为昔时运水的水圳仔桥。典雅的桥墩，当时作为运水之用，将水运至下方的十三层选矿场。如今已废弃，水圳桥不见水流。

初时，走在坚硬新颖的花岗岩石阶步道上，还是让人忍不住有些小小抱怨。古道若铺上外来的新石阶，有何就地取材的古味可言？

十多年前走访此地，石阶仍是过去的石坎路，上下起落，一番踏古乐趣也就这么踩出。一九九七年铺上花岗岩石阶，命名为"观光步道"，反映了当时地方施政的思维。当年九份几条著名的古道，为了发展观光而重加整修，原有古朴的旧石阶路，都被换成宽阔平整的花岗岩石阶，真是愚呆至极啊。

接近隔顶时，古道与公路交叉而过。附近的民宅多已翻新成水泥楼房，少有黑白低矮之房。社区入口挂着严禁外来停车的招牌，又或者，一对父女正在整建空地，准备辟为停车场，赚取停车费。此一积极牟利，在在显示此地距离九份还有一小段路程，却已紧密相连。

很高兴自己并未开车抵达，而是走路上来，走进正在粉墨登场的九份，了解它的清醒和喧哗之背后。今之九份最适合如此接近。（2010）

三层桥

山尖古道

从基隆山鸟瞰九份

基隆山，旧称鸡笼山

平溪线

我没有放過天燈，但今天在山路，
又撿了好幾個掉落溪谷的。

平溪线的缓慢

台北盆地的外环山水，像一个精心雕琢的美丽指环。高楼林立的台北，因套戴了这枚指环，高密度工商发展的城市气息，才得以保有自然环境的苍翠风味。

而这指环上，镶嵌了好几十粒宝石。平溪无疑是其中最为璀璨的一颗。如此盛赞全因：

这是一个没有便利商店的地方。

这是一个没有槟榔西施的地方。

这是一个只有两处红绿灯的地方。

红绿灯如此少，公路当然也不多，勉强有一条主要县道一〇六，鲜明地横越整个乡的重要地方。其他多划过偏远的角落，或者深入不重要的乡野。

一般人印象最深刻的是铁

道。整个平溪乡主要由一条支线铁道贯穿。八十多年前，平溪乡因发现丰富的煤矿，铺设了这条铁道。过去为了运煤而驶，怎知日后竟成为居民平常生活往来的交通动线。

台湾现存的支线铁道都是横向的，大抵由西向东，载运游客为主。这条平溪线却由东往西，深入北台湾低海拔的原始森林。一枚生态温度计般，恒常探测着丘陵环境的变化。

搭上铁道即豁然感知，明媚的平溪乡系由狭长的山谷构成。山稠地狭，两边山棱的绿色森林蓊郁而葳蕤。砂岩组成的裸岩山脉，常以大面积的铁锈色，陡峭地矗立，形成壮丽的奇岩风景。

铁道沿着山谷蜿蜒进去，旁边常有基隆河厮伴着。此段乃基隆河上游，淡水河系最清澈的河段。一溪一道交缠并进，相偎迤逦，仿佛异国恋人的絮语。三貂岭至大华一段，景观奇美如太鲁阁峡谷的袖珍版，足堪为此间风貌的精髓。

此段水域，最具指标性的植物是笔筒树。在铁道和河岸边，这种远古时代即生长的优美蕨类，如卫兵到处伫立。笔筒树意味着此地潮湿而多阳光。平溪是台湾雨量居

高的区域，境内的火烧寮曾创下东亚第一的纪录，雨量高达八千多毫米。

　　沿着铁道，大抵有三个村镇，以及三个散村分布。铁道之外，其他地方亦有些小而不知名的社区。常见零星十来户人家，多半住着老妪老汉。

　　三个村镇由东而西分别是十分、平溪和菁桐。十分拥有狭长的商业老街，挟带瀑布河流等丰富的旅游资源。平溪是整个乡的行政教育中心，常见其他小站的住民来此活动。菁桐围聚着几处老旧房舍，继续过往时代的生活机能。

　　外来的观光客走访三村镇，往往有一固定的旅游模式。前往十分，多半会先走逛狭长的老街，再前往眼镜洞、十分等瀑布蹓跶，观看河床地理或此地诡奇的壶穴景致。时间逗留久的，或再转搭独眼小僧拖动的小运煤车，驶往台湾煤矿博物馆。

　　若是在平溪，多半是光顾一些老旧杂货的商铺，以及小吃店。但熟谙者当知，村镇对面的孝子山和慈母峰，在此被戏称为小黄山。山险石峻，脚健者或当前往一探。此外，平溪中学对面的瓜寮坑溪步道，沿溪平缓入林，复有一废弃的煤矿小村，坐落于原始森林间，喜亲山近水者想必会趋之若鹜。

　　菁桐紧邻公路，又是铁道终点站，台湾的偶像剧、爱情片偏好在此取景，比如《流星花园》、《台北飘雪》。

年轻的观光客亦流行来此朝圣。不到百米的商街，咖啡店竟也有八九家的蔚然风貌。周末假日时，除了木造车站前门庭若市，河对岸幽静典雅的传统日本宿舍聚落，以及周遭如废墟般巨大存在的煤矿厂房，更常挨挤走逛的游客。

三个村镇还有一常被疏忽的特色，各自的小学都有近百年历史，悠远如寺庙之不可或缺，早是当地人文风物的交流平台。十分着重乡土教学，平溪重视自然物种复育，菁桐则发展出田园森林小学。

晚近台湾城乡差距拉大，造成村镇的人口愈来愈少，此三地住民都很担心废校，小朋友要搭火车通学。从旅游的角度，我也不赞成偏废任何一所。

周末假日是平溪乡最热闹的时候，台北盆地过来的旅客拥进，带来庞大而热络的商机。此时平溪乡属于城市生活的一部分，在地人顿时变得生活紧张，抢着做生意，忙碌得像台北人。

唯有星期一开始，直到星期五，铁道线才恢复平静，继续从容悠闲的步调，感觉好像现在流行的慢活。街景停滞在一九七〇年代，煤矿停止开采，劳动人工移往他乡，回到失去热闹的没落时光。想要享受乐活，想要缓慢过日子的人，或许适宜这时前来，徜徉于此一岁月的风景。

除了住家密集的村镇，还有散村时隐时现地存在

菁桐　太子賓館

平　溪

着，那是更缓慢的世界。岭脚、望古和大华，都有各自的小景天地。喜欢健行者，在此当会邂逅好些新事物，或小农小户的闲逸日子，或少为人接触的自然景致。由这类车站散村延伸出去，那是我在台北外环踏青健行最喜爱的场域。

提到平溪，虽有煤矿、瀑布和小火车，但大家一定会想到天灯。上海世博会，台湾即以天灯意象设计馆址外形。

天灯，作为一个符号，也跟平溪画上等号。它不仅是最重要的文化资产，更是当地人生活收入的重要经济来源。

若按当地的传说，以前放天灯可能系庆祝年节，或者告知平安。那时放天灯不能随便乱放。合理推断，一年不过二三十来回吧。如今常是满山满谷的天灯升起，形成别致的观光风景，打响平溪的名号。除了元宵节节庆，平常时日都有放天灯的活动。连白昼，空中都有天灯飞行。新款造型的，灯尾还夹着鞭炮，一路嘈杂地热闹升空。

一年下来加总统计，少说都有三四万个，作为祈福的象征。天灯虽然带来庞大的商机，当地居民是否真的成为受益者，犹待争议。反之，大量天灯升起后，却带来一些意想不到的负面问题。

尽管附近山谷潮湿，较难引发火灾，另一个潜在的环境危机早已浮现。原来，天灯灭尽后，多半掉落隐秘的森林，不易回收。这几年我走在森林步道，或者在基隆河河畔，屡次惊见树干上或崖壁间，垂挂着掉落多时的天灯，犹如残尸破骸。

大家不妨闭目想想看，每年有三四万的天灯在祈福的过程里，最后从空中掉落，各个像巨大的垃圾，坠落森林里。这些毁弃的天灯，仿佛洁皙的皮肤长出碍眼的斑斑点点。虽说宣纸、竹条终会腐烂，但需要一段时日，依天灯的增长数量，大自然恐怕吃不消。再说，其铁丝框架无法分解于土地里，何况时有施放不利的情形，那些燃烧未尽的金纸燃油，不免污染萋萋草木或清澈溪流。纵然近年实施回收奖励，但掉落深山穷谷的天灯回收不易，长年如此施放，绝对是平溪森林的一大隐忧。

箭竹笋则是我在此旅行观察，最充满期待的新兴产业。在三个村镇，甚而在五坑、一坑之类的偏远所在，都有箭竹笋栽种于附近的菜畦或马路边。从四五月起，游客来此常遇见，当地老人蹲在骑楼或凉亭，忙着剥箭竹笋。

不知是箭竹笋的种类较为特殊，抑或栽种的方法特别，本地的箭竹笋跟阳明山的差异颇大。目前许多地方的箭竹笋都采精心栽培和施肥。此地常就近利用住家旁的小块平地种植，且多半将箭竹笋壳烧成灰，重新撒回箭竹田，充满有机而永续的利用精神。

本地的箭竹笋因而不太像其他地方常见到的，犹若茭白笋肥大，而是瘦如长筷。再者，别的地方多半采笋心部位贩卖，这儿则是每一小节嫩竹都可食用。

节假日时，在几个大村的街上，我们便常看到一群群老人围聚聊天，一边剥箭竹笋。这些箭竹的笋心笋肉拢集后，多半会卖到外面的餐厅。老人们有充裕的时间剥笋壳赚零用钱，这种慢活的地方经济产业，无疑也是平溪最迷人的风景。

珠葱则是另一个迷人的农作。我们常吃的红葱头，若不食用，种在泥土，发了芽，长出如青葱的绿叶，就是珠葱了。很多人甚爱炒食其青翠的茎叶，还有带一点姜味的白色块茎，可当作一道特别的野菜。

珠葱适合长在潮湿、排水良好的环境，但阳光亦要足够。台北盆地栽种最多的地方是乌来和平溪。乌来地区已经量化，不乏专门栽种者，也常在新乌公路上贩卖。惟平溪不是这一回事，它仍是小农产业，可能是老妇人在自家庭院，辟一小畦，栽种一些自己吃，兼而贩卖。走在十分老街铁道，旁边的花圃，就有好些珠葱栽种其中。

如今煤矿遗迹已视为重要资产，政府部门持续推动保存，转化为旅游资源。三村镇的老街风貌都在社区营造下，维持一定的精致格局。十分瀑布的重新开放观光更指日可待，而小火车定期复驶，也屡被提议规划。

惟平溪一直有外来力量，想要染指这块美好山水。譬如，早些年雪山隧道开挖，废土多半倾倒在平溪，一度造成山洪暴发和土石流威胁小镇的危机。最近的隐忧则是，专家提议在东势格兴建水库。此一消息宣布，引来相当大的震撼，当地人很担心带来基隆河生态的巨变。

　　这些外来的工程考虑，都在盘算牺牲当地，造福不远的台北都会。这些连续的生态问题也让有志之士体认到，平溪是屡屡被疏忽被遗忘的一角，除了观光旅游。

　　但也因为观光旅游，更让人看清这一角。平溪并不是台北盆地的后花园，也不是桃花源。它只是个小贫之地，以火车为轴心，很自足，很慢地生活。（2010）

菁桐车站　媒味道咖啡

采采一方

　　这些美好的家园、自然的环境，是任何孩子都该拥有的成长场域。走过自然和历史的交界，走出更多土地的关怀。一代一代走过，生命就会记取，烙印着这座岛屿重要的铭记。

POST CARD

THRUOGHOUT THE WROLD.

selle
ALE

小琉球

THROUGHOUT THE WROLD.

我買了3兩盒香腸，
回到台灣，遇見路以軍，剩下一盒。

小琉球~Liuqiu Islet

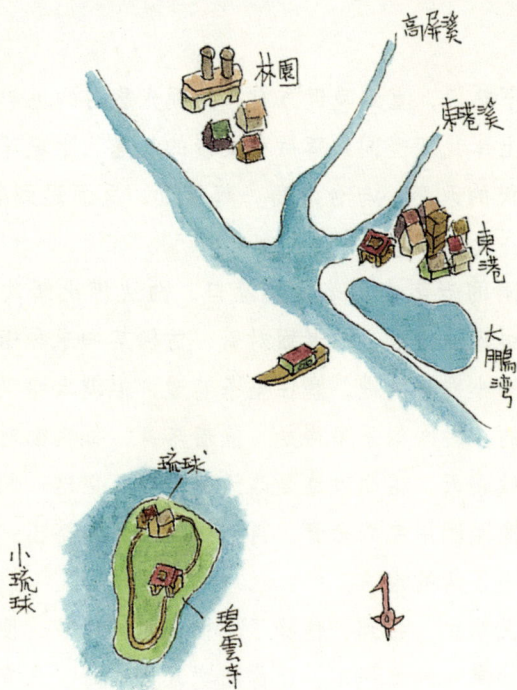

不存在般的小琉球

　　小琉球孤单地坐落于台湾西南边陲，早年仿佛不存在般地存在。

　　世界上许多小岛紧邻大陆块的都会地区，往往附属于城市，规划为市民纾解身心压力的旅游景点，或者一跃成为高档的居家环境。紧邻大高雄的小琉球却神隐般地，从不热门，直到晚近方有一抹观光旅游的色彩。

一上岸我即嗅闻到落后和缓慢的气息。小琉球并未随着时代的改变，与台湾岛一起前进，反而迟到般地，停滞在一九七〇年代。

热闹的老街中山路衔接港口，两边栉比鳞次的住家门面错落地挨近，或者面对着，仿佛某一永和街衢小巷。一辆小发财驶进，塞住整条巷道，但没人怨叹。车子塞它的，时间似乎多得是。隔着车身，每天面对面的邻居继续聊天，话题也许是昨天的老梗。但这一闹中取静，好像刚刚用完的牙膏，再怎样，都还能挤出一点残留，刷出生活的泡沫。

跟民宿主人报到，他除了交代住屋的细节，便是交付一辆加满油的摩托车，让你随意来去乡野。只有摩托车适合在岛上风驰，好像也跟那年代的氛围隐然结合。我那跟着青春一起远去的摩托车，虽然无法载回时光，但在此总会骑出一些往事。

下榻两日间，港口附近的老庙正在酬谢神明，特别商请了某一知名歌仔戏团的支团，一连几日表演给神明观看。支团唱功生嫩，演出遂带点莫名。开场以凤飞飞的《流水年华》炒热气氛。唱毕，话锋一转，黄梅调接续演出。牛肉场秀[①]还未出现的年代，很多乡下地方的

---

① 台湾地区用语，即艳舞表演。

表演就如此后现代了。

每次戏团开唱，台下总会集聚十几名小孩排排坐凑热闹，更周边才是纳凉的老人。此等野台戏的盛会，如今久不见于本岛。这些淳朴的小孩有好几位来自街上的海产店。不看戏时，同样学习家里的大人，积极地招呼游客进去用餐。

小琉球到处可见辉煌的寺庙。外表华丽的建筑虽不脱捐赠者的俗媚眼光，还是满怀虔敬，诚挚地想把寻常人家祈盼神明庇佑的心愿，展现得淋漓尽致。发达返乡者更乐意捐款，明的看似贡献乡梓，其实也是光耀门楣、展示财力的机会。

沿着环岛公路坐落的民宅，住家都会捡一些漂流木，储备柴火。台风天缺水缺燃料，预存的木柴便派得上用场。每家宅院旁也会种植一些寻常蔬果，加上岩礁海岸采收的海菜，即可安饱过活。去除现代文明的物

质，这一生活起居跟过去并无差异。

离开码头街市，岛上还散布着零星的三合院，很适合两三天的旅居。背包客选民宿，当以此为考虑。晚近，岛中央有好几间 villa 化的旅馆正在兴建，充满休闲度假之味。或许可以眺望更多自然海景，吃到较精致的食物，但要和小岛的淳朴生活结合，恐怕不容易。

岛上只有一小型菜市场，集中在中山路尾端，蔬果主要自台湾运送而来，周边多半是卖海鲜的，也有少数阿婆兼卖当地栽种的蔬果。另有一生活风景，我印象最深刻。当地人常骑摩托车，沿街兜售现捕的渔获。这一比小发财还具流动性的小小摊，在南部海边小镇甚是流行。

论及小岛的食物，海洋资源日趋衰竭，其实已没什么丰富的海鲜美食可供获取。若勉强视为特产且量产，大概是供应稳定的香肠。香肠为何独特，跟漂流木一样，都是台风下的海岛产物。海岛最怕食物短缺，若灌制成香肠可保久，遂逐渐发展成一地方风味。

旅客在此除了骑摩托车到处乱逛，大概就是享受浮潜和海边戏水。没这个兴致，你来此真会发慌，尽是穷呆地度日。但最享受的也是杀时间，暂时关闭某些脑部的运作，让自己空白地活着。

待到第三日，你开始惶恐不安。网路电邮都受到限制，对外联络不甚方便。你失去了某一种节奏，失去了充实的忙碌生活。若继续居留，这些已经内化为你身体某一部分的质素都会枯萎。它们对身体不尽然好，你却矛盾地害怕失去。

　　你急着想离去，但上了渡轮，开始接近台湾岛，又仿佛跟某一应该如此过活的日子断裂。这个阶段的台湾周遭，许多离岛都如此致命地教人感伤。

（2012）

小琉球　Liuqiu Islet

葫蘆石敢當，在這裡數百年，
日夜安靜地擋煞，納福。

洲仔湿地

CARTE POSTALE

接近高鉄終点站時,看到水雉在菱角田。
因而想起它就在附近。

洲仔湿地

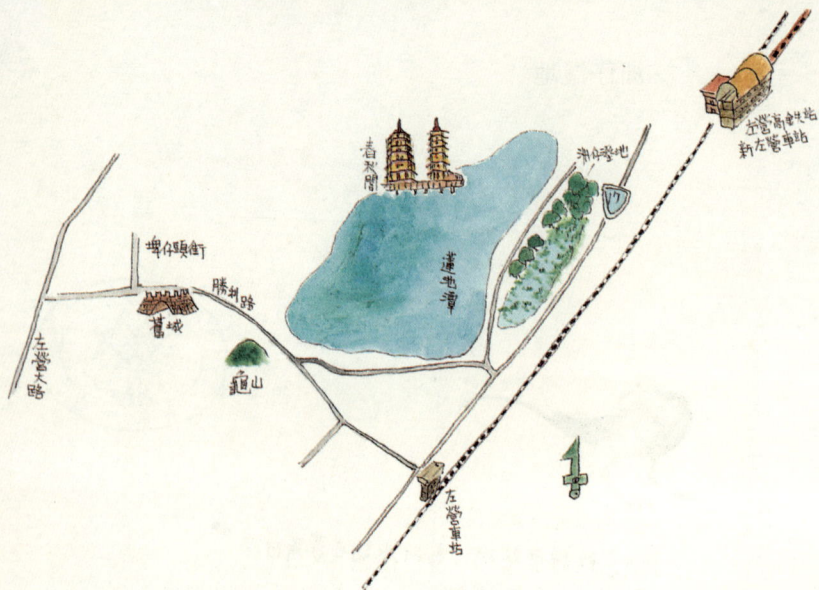

回到过往的左营湿地

前几日，搭乘高铁抵达左营，特别走访了莲池潭旁边的洲仔湿地。一九八〇年代末，从左营莲池潭消失的水雉，据说又回到这里栖息了。

我站在岸边远眺，一片开阔绮丽的沼泽迎面而来。多样的水生植物错错落落，繁华了水面的风景，更形成丰富的碧绿色泽。周遭则不断有蝴蝶飞舞，蜻蜓梭巡。

我再细瞧。不远之处，十来只红冠水鸡怡然自得地浮游水面。更远一点，一群鹭鸶各自伫立在不同的水滩高地，杵出辽远的旷野风光。莽莽草丛中，各种美妙的鸟声，幽远而深邃地传出，更加撩拨着沼泽的寂静。

尽管数百米外，高架桥交相横陈于天际，远方的道路车声隆隆如雷，这儿的鸟儿似乎习惯了这等城市的喧哗，继续悠闲地来去，慵懒地舒展着自己。

才两三分钟伫立，这等现场的沼泽景观，便带来美好的撞击，远比任何宣传文字和纪录片都更加璀璨深刻。撇开它台湾内外获奖无数，光是这样的片刻伫立，我便知道对它的维护，确实已令一个沼泽湿地初步成熟了。

洲仔附近原本是一个什么环境呢？一百四十多年前，有位英国领事叫郇和，多次前往左营附近的湿地打猎。当时放眼望去，辽阔的环境，尽是沼泽杂木林，乃一处自然采集的天堂。这位台湾动物研究的先驱，在此获得了不少水鸟，包括著名的水雉。

那时愉悦地享受着自然风光的他，认定此地是东亚度假打猎的圣地。岂料，一个世纪后，莲池潭畔庙宇林立。进而随着都市开发，短短十几年间，湖面缩小，不少湖岸湿地开发为农田和村落。

二十年前，当我穿过左营的零乱街道，挂着望远镜，站在莲池潭旁边时，除了缅怀历史，只能悲情地眺望这个俗媚的没落水塘，悼念水雉的不再。殊不知，当我一味怀念着早年的自然风光，日后这儿又有一戏剧性的转变。

约莫三十多年前，莲池潭东岸的洲仔，被编上一个公园预定地的名字，叫左公一。初始被规划为民俗技艺园区，后来经费无着落，又打算成立为原生植物园。

如今它以自然生态之名，和高铁并存，确切地告知，湿地不只可以和城市共生，也是城市文明的一部分。

当时，这块湿地如何创建，又如何持续维护呢？在初步规划的理念里，公共部门只负责硬体工程，其他全靠民间团体的参与。长年拥有社会运动经验的湿地联盟，在二〇〇三年春天，实验性地进驻，不仅筹

洲仔湿地

措日后活动的各种经费，还艰辛地负责内部水生植物的养护。

初步的认养工作里，他们拟出五年的"水雉返乡"计划，当作湿地成功与否的指标。湿地的维护，不只囿于沼泽的范围，更要真正落实环保和周遭社区互动的理念。

洲仔湿地的生态工法，无疑是最克难的方式。那种就地取材、坚持低度开发的精神，几乎是零工程款。我沿着环池的步道散步，发现步道上的一砖一瓦，都是志工们利用当地的废弃材料，逐一拼贴而成的。后来，看到工作站只是一组简易的货柜屋，也就不讶异了。

为了吸引水雉返家，湿盟更采取封闭式管理，不开放参观。如此辛苦地付出，唯一可堪告慰的回报，或许是看着湿地逐渐蓊蔚然。不同时节，都有水鸟群到来。而任谁也未料到，才不过两年的创建，沼泽稍具雏形时，水雉真的回来了。

洲仔湿地的成功，常被视为南台湾环保运动的重要标杆。它不是从既有的湿地获得一个维护的成果，更非以反对财团开发为诉求，让原有的湿地得以幸存。

它是一个创造性的活动。根据过去的地理环境，从无到有，利用公共废弃地，在城市里营造出一个动物栖

洲仔湿地　Zhouzi Wetland Park

春秋阁

CARTE POSTALE

采采
一方

这樣的觀景台還是太實心了。

采采
一方
南投碁陸

洲仔湿地　197

息环境。一座人工化公园绿地，尝试栖地改造，变成物种复育的自然公园。这样的转变与提升显然可行。它的初步成功，对一个大都会，或者对全台湾的公园，都有一个重新定义。

湿盟的努力虽值得喝彩，但他们的规划也非处处合宜，比如后来兴建的三楼高塔瞭望台便遭到诟病。这种思维主要还是考虑到人的望远和观察，并未照顾到鸟类栖地的完整性。还有鸳鸯的野放，立意虽好，却也遭到质疑。毕竟，台湾的鸳鸯繁殖，多半出现于山溪湖泊，较少在此一平地环境。

此一瑕疵遂引发我思考，城市周遭需要什么样的湿地？

台北关渡自然公园，或许是最鲜明的对照。此地衔接市区要津，在千禧年后开始营运，拥有新颖、高大的解说服务中心。游客不必外出，站在里面吹冷气、喝咖啡，透过高倍望远镜即可赏鸟，无须辛苦地走到隐蔽的赏鸟小屋。

三层楼的服务中心坐落沼泽旁边，或许具有观光吸引力，但它的醒目存在，多少让人感觉，整体沼泽的保护，还是以人为本位。晚近，参观香港最新规划的湿地公园，绿色建筑意识浓烈，但内容设计和关渡类似。吸引游客到来的考虑，还是优先于水鸟的栖息。

再论软体，关渡的规模初时需要庞大的经费支撑，日后也需要固定预算维持开销。但政府提供的经费有限，负责经营的民间生态团体还须设法筹措其他财源，才能勉强认养。

相对于此，洲仔湿地的规划，特别教人欣慰。在经费拮据下，放弃了观鸟中心的建筑，保留一片芒果树林，作为天然生态教室。这样的场所贴近自然环境，也充满对当地其他物种的尊重。

或许，他们是无心的，但这个意外很有启发。未来都会的湿地，若都是朝这样非观光行为的方向思考，自然的永续才可能更为落实吧。（2008）

板头

POST CARD

火車不來，我沿 ###### 走了好長一段，
跟小時放學回家一樣。

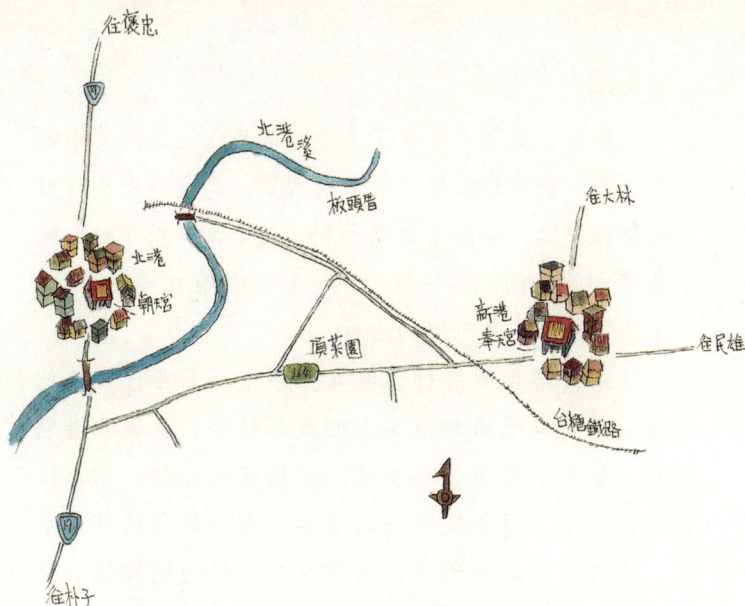

北港火车回来时

　　他们从荒凉的郊野中，把铁路重新找出来，悉心地整理着，保护着，等待着。相信总有一天，昔日的火车会回来。

　　这一情节好像电影《托斯卡尼艳阳下》里的一则故事："奥地利和意大利中间有座塞梦铃山，那是一座地势险峻的高山，他们想连接维也纳到威尼斯，于是在火车来之前就铺好铁轨，他们知道总有一天火车定会来……"

电影里，房屋中介说了上述的故事，送给期待婚姻的女主角。现实场景里，我们所看到，却是一个小村村民的集体期望。这里不是意大利，而是嘉义板头村，位于北港和新港间。跟托斯卡尼一样，拥有优美的乡野。一个正在等待生活奇迹的小村。

原来，早年板头村旁铺有一条糖厂五分仔火车的铁道，从新港横跨北港溪上的复兴铁桥，直通北港朝天宫。早年公路系统不发达，村民南来北往，相当倚赖这条铁道。每年妈祖圣诞前后，全台朝拜的信众前来，或者到新港奉天宫，都仰仗这条铁道的输送。拜此旅游之赐，它还被台糖视为最赚钱的客运路线，昵称"黄金铁道"。

一九八〇年代初，公路交通发达，坐五分仔火车的人逐渐减少，客运用的车厢方才停驶，只保留货运列车营运。又没几年，台糖没落，被迫转型，糖铁也全面停驶。仅存几辆火车头，搁置在糖厂园区。

最近几年，当地社区发动志工，在铁道旁边设立了车站公园，同时收集旧木料，恢复过去板头厝车站的原样。但光是铁道和车站还不足以带来社区观光，他们进而有新一波的创举，利用铁道周遭的地形地物，展现在地精湛的剪黏和交趾陶艺术，试图结合乡野风景。

沿着板头村走动，随处可发现，农家围墙上镶嵌着美丽的剪黏或交趾陶。每家编织着不同的生活故事。看图即知，这户人家从事什么行业。有羊与孩童的围墙，想必曾饲养过羊群。做出交趾牛的人家，当然有养牛了。

剪黏作品中最大的一幅是一棵苦楝。去年十月，以壁画形式，出现在复兴铁桥旁边的水泥堤岸。苦楝是周遭田野最常见的代表树种，春初冒芽冬末落叶，四季风貌迥然不同。以苦楝为主题，传统工艺顺势将艺术带入公共空间，跟乡野的自然对话。晚近社区营造展现的美学基调，大抵服膺此一内涵。

从堤岸远眺，苍翠之河床对岸即北港。台糖小火车不再行驶了，但板头村民一直放不下这段历史情感，希望有一天能直通到对岸。

渴盼不到火车，有位村民尝试用大型轿车，改装成小火车头。还打造了三节小车厢，载着游客游绕社区，边走边解说。节假日时，沿着旧铁道，此地已经有一小小的热闹市集。

有阵子，他们坚信唯有火车回来，这样的努力才值得。只是从台糖或县府得知的讯息，令我清楚感受到，碍于时空环境和经费人力限制，这个火车大梦机会不大。

火车若不回来怎么办呢？在地从事文化工作的友人和我伫立北港溪，望着铁桥不再的溪岸。她审慎地想象着，空中缆车令北港溪两岸连接的美好可能。

我回望着，一间间三合院，沿着稻田比邻坐落，那是其他乡野难得一见的景象。光是这一片大好风光，就足以称奇。

火车回来了，势必会带来更多的繁华和热闹，但没有这些农家三合院的宁静和祥和，火车就算天天准时到来，恐怕也没什么意义。其实，继续等待火车，或许不是最好的情境，但这一过程，却是最感人的时刻。
（2012）

大城

大城中學校門口就有花生田
我又吃到蕭師傅的花生了。
　　　　　　　九号

大城 花生田

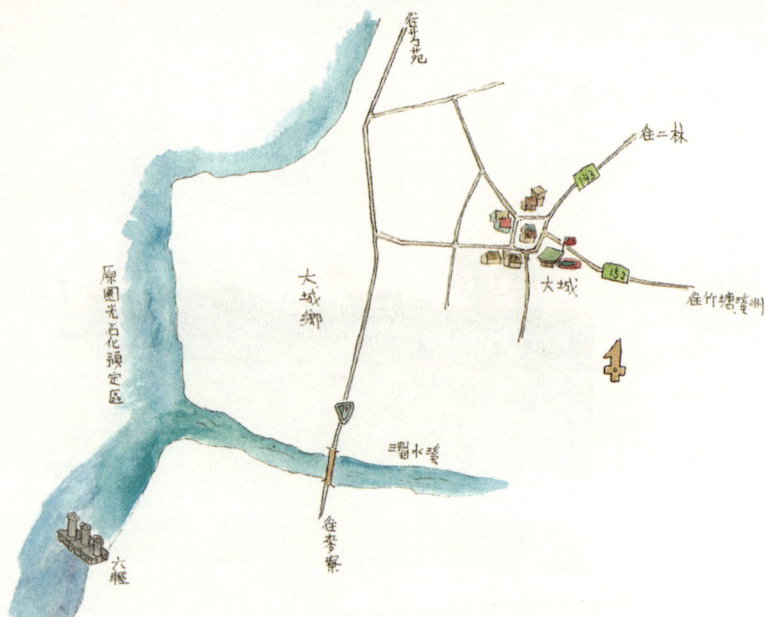

偏远的大城

　　反国光石化环保运动如火如荼展开时，彰化沿海各乡中，大城明显地跟其他地方不同调，也屡次被政府列举，作为支持国光石化的样板。

　　大城人的不置可否，难免让外界人士困惑，甚而质疑其背后是否有地方派系或财团力量的介入。但大家的质疑，或许疏忽了这个小乡的生活背景。

　　三年前春初，我应诚品偏远小学阅读深耕计划之邀，前往大城的永光小学讲故事。走进讲堂一看，整个学校的学生加起来还不到六十人，面孔比一般城市孩子黧黑，憨厚而安静，穿着土气的制服，仍是一九七〇年代小学生的模样。跟他们一起打混，还会闻到一种乡下孩童特有的乳臭气味。

校长来自东港，很鼓励孩子多看课外书。她热心地提醒我："我们的孩子很淳朴，但多半来自单亲家庭或隔代教养，母亲是外籍配偶的比例也很高，期待刘老师能讲许多故事。"

大城也是全台地层下陷速率最为严重的地方，永光小学的校园即为实例。每间教室都有防水闸门设备，预防下雨时雨水倒灌进教室。当地一位家长跟我开玩笑，如果国光石化盖在附近的海岸，大量抽取地下水后，永光小学说不定会成为台湾海拔最低的小学。

但不是每位大城人都如此敏感。大城湿地是否适合开发，反对运动展开时，他们真的比较不那么在乎，毕竟当地主要物产并非来自海岸环境。没有湿地产业，他们很难感受石化带来的污染，无法如同芳苑、王功等地乡亲一般恐惧。

当地人多数的工作，大体可简单分成三类。第一类是越过浊水溪南岸，去六轻担任技术或打杂的工人。还有一群人，在附近麦当劳子公司的厂房当装配员。

第三种继续依靠土地从事传统农耕，栽种花生、稻米或西瓜等。一个乡镇的工作机会如此少寡，显见地方资源的匮乏。若你是此地年轻人，相信也绝无久居的意愿。

工作机会不多，赚钱困难，孩子受到完整教育的机会相对减少。国光石化若进驻，等于增加就业的机会，纵然是底层工作，他们也甘于接受。

永光小学家长会会长的农田在学校对面，我和校长过去参观时，他刚好前来巡视。会长在此种植花生和台梗十一号稻米。黑仁花生是此地特产，口感清香，不同于一般的台南种，喝茶配稀饭百吃不厌。

另外一个值得推荐的是羊肉。中午时，会长邀请去大城街上，吃一家连网络都查不到的羊肉炉店用餐，据说这样的店面街上还有两三家。他们取用的，都是当地宰杀的土羊。土羊跟放山鸡一样，圈养在辽阔的荒地啃草。透过羊油煎炸两面金黄的面线煎，以及多样羊肉料理的套餐，我惊奇地邂逅了一个小乡少为人知的拿手小吃。

我和一些常年旅行的友人讨论过最好吃的羊肉，大家不约而同地直指内蒙古和新疆一带，称赞其品质的鲜美。走访过当地者，日后对台湾的羊肉往往嗤之以鼻。但那天我在大城菜市场周边吃到的土羊，颠覆了我对台湾羊肉的偏见。那是另一种风味，带着内敛

采采
一方
CARTE POSTALE

在這一荒涼·遼闊的村落，
我因一盤羊油麵線煎，
充滿溫馨的回憶。

而扎实的 Q 劲。既非外地进口的羊肉，更不同于我在丝路的经验。

只是走进这家羊肉炉店，几无任何装潢。除了啤酒广告和羊肉价目表，墙壁一白如洗。屋内的摆设也只是简单的几张粗糙的桌椅和瓦斯炉，光景约略胜过路边摊。这一简陋不免教人怀疑其菜色，但一入口就浑然忘记周遭的贫窭氛围，转而洋溢幸福满足，全不忌口，更忘了老婆平时不断耳提面命的养生之道。

若说大城羊肉独步全台，我绝不起疑惑。只是不解为何最好吃的羊肉，竟然少有宣传，或者无法成为大城的重要特色？还有这儿的羊只如何在野地看顾，都是我进一步想了解的问题。

我很好奇老板的出奇手艺，但他似乎不想透过媒体宣传，生意维持一天小小的四五桌就很满足了。校长悄悄解释，可能他忙不过来。原来老板本来有一位外配老婆，最近才离异，或者跑掉。

我突然想起一路过来，附近屋墙屡有专办离婚的广告，现在似乎有些明白。我更想起小学生里面，很多是单亲家庭。假若国光石化不来，大城还有什么呢？

前些时，经常路过二期中科预定地，来往于大城周遭乡里，邂逅了鸭蚬共生的池塘，还接触了菜寮村的辽阔菜田。这些都是可能被赋予希望的地方产业，只待更多外来资源的协助。

眼前的花生、羊肉和面线煎，或许像阿拉丁神灯之烟，袅袅升起。但我还注意到这些足以注入神灯，点旺更多希望的燃料。（2012）

桃米

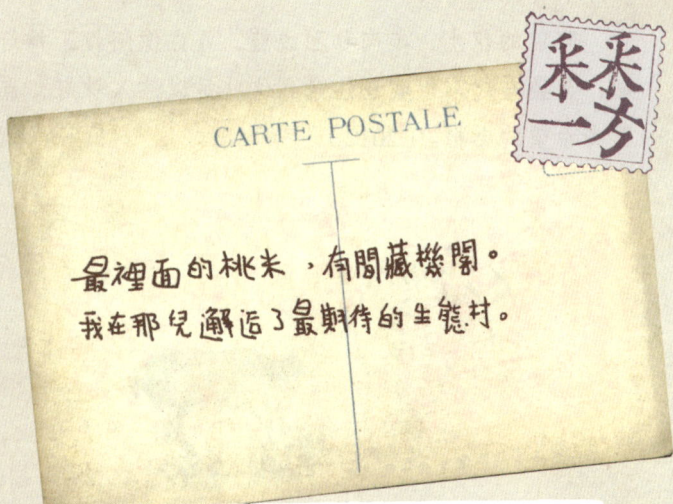

CARTE POSTALE

最裡面的桃米，有間藏機閣。
我在那兒邂逅了最期待的生態村。

桃米　草湳濕地

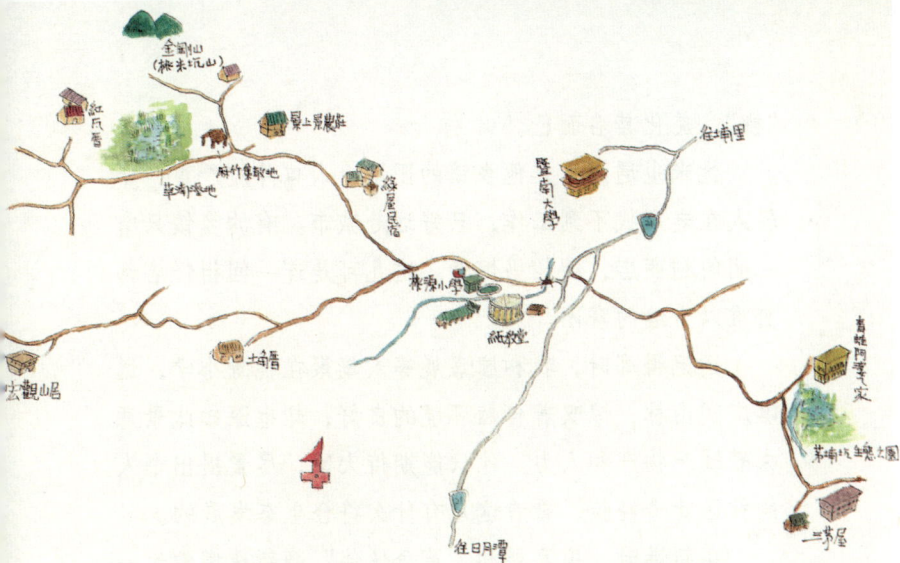

桃米生态村

"九二一"地震后，新故乡文教基金会进驻桃米时，这个受创灾区几乎一无所有。但就算地震不来，三百多户村子的产业也无足为观。

紧邻埔里的桃米，有约莫七十个大安森林公园般规模的广阔山区。几条崎岖山路蜿蜒于山林，偶见两三农家隐伏，或一二小村静寂偎集。多数稻田已荒废，麻竹林亦乏人看顾。或许，你会想到埔里周遭盛产的茭白笋，但桃米缺乏丰沛的水源，栽种面积有限。过去这里是埔里人挑米到鱼池经过的坑谷，如今把"挑"改为

"桃"，美化其名而已。

桃米也遇到了其他乡镇的困境，人口外流严重，年轻人在老家找不到工作，只好远赴城市。有的乡镇只有一间便利商店，便相当惊奇。这儿可是连一间柑仔店都有难以为继的窘困。

还记得那时，我和廖嘉展等人集聚在桃源小学，远眺广阔山林，惊叹着自然环境的良好，却也深知此景意味着缺乏物产和人力。他只能期待大家，尽量提出个人的社区营造经验，看看这儿有什么符合生态发展的。

在新港时，廖嘉展和"革命伙伴"颜新珠摸索过一套社区的规划心得，但那是小镇新生，人口零散分布山区的小村如何再造，初来真是一片空白。这是一个必须重新摸索的地方。对当地长期贫苦生活的住民，或者想要返乡寻找契机的人，一切都要从零开始。他们唯一拥

有的，或许是坚持实践梦想，永不放弃的信念。

两三年后，他们从眼前的自然找到了契机。经过一段时间的自然资源调查，全台湾二十九种青蛙，这儿竟有二十三种。溪谷地形加上稻米、茭白笋的湿地环境，形成蛙类的美好天堂，种类和数量都相当惊人。

拥有良好的栖地，才会出现丰富的蛙类族群。过去，埔里第三公有市场经常贩售青蛙，在地也视为寻常食物。如今把青蛙当成保育对象，维护其生存栖地，当然会引发地方反弹。但永续家园的体认，终究让村民慢慢地调整心态，在基金会协助下，透过生态专家的教导，迅速地学习许多新知。

桃米便藉由青蛙的多样和歧异，很快打造出中部第一个生态村。从六七岁孩童到七十多岁阿婆，大家都是青蛙达人。整个桃米村谈起青蛙，各个是口沫横飞的专家。爱蛙及泽，每个人对山区湿地环境的认识也更加成熟。

不吃青蛙，只是一味保育，对产业有帮助吗？媚俗地说，这便是绿金的魅力。他们透过青蛙的丰富资源，带出另类好山好水的缤纷世界。一个过去不曾在旅游指南出现的小村，如今是观赏青蛙的热门景点。许多人经由青蛙，爱上这片新家园。

在生态旅游的理念下，桃米人更积极发展绿色民宿。不少村民依照自己的生活环境，打造不同风格的家园。新故乡基金会设计了密集的课程，除了自然生态研习，还安排在地人文风物的养成。一场场精心安排的讲座，长久浸淫下来，民宿主人的生态知识不只打底厚实，也逐渐渊博，各个解说导览充满在地的自信。

一个地区的发展若只仰赖一类动植物作为卖点，旅游元素似乎过于单薄。譬如有的以猫头鹰打造社区，有的标榜荷花特色，最后都无以为继。桃米难免担心，光是青蛙能否吸引游客的陆续回笼，这个家园可否永续？

在熟稔蛙类之后，有阵子桃米便积极推出蜻蜓和萤火虫，藉此丰富旅游的内涵。只是这些小生物机敏灵活，或受季节限制，因而不容易打造成旅游品牌。

一个社区除了寻求地方产业和自然资源的特色，能否无中生有，创造新的可能呢？桃米真是福地，或者说因为一直在反省，不愿意屈就于俗媚的观光。他们继续朝着生态村的方向探索，未几又撞击出了精彩的花火。

桃米发展告一阶段，廖嘉展有回前往日本阪神取经，参访该城地震后的社区重建，以及地震十周年的纪念活动。一座灾后兴建的教会建筑，以纸为建材，如积木可拆卸重组，即将功成身退，移往他处。廖嘉展觉得此一建筑甚有承传意义，致词时突然提出移建台湾的要求。日方考虑三天之后，慨然应允。接着，很快地将纸建材整装，漂洋过海运抵埔里。

只是基金会没地没钱，此一梦想可以实践吗？廖嘉展在董事会提及此一构想时，大家颇为犹疑。后来通过后，新故乡即排除万难，设法四方筹款，觅得一租赁农地。在这桃米入口不远的平地，重建此一栋素朴雅致的纸教堂，旁边另兴建一座新故乡见学园区。

此后，桃米生态村的发展模式进入另一个新时代。"九二一"地震十周年时，纸教堂已是埔里的地标，游客走访日月潭的必经之地。论及台湾社区营造，桃米生态村的成功经验，更成为台湾内外许多社区团体参访和复制的典范。

桃米生态村的成功并非偶然，社区营造经常是长时逐一阶段的摸索，可能欠缺资源和人力，因而屡屡挫败。惟主事者必须勇于坚持信念，以及不断学习。新故乡伴着桃米走过一个年代后，对地方风物愈发熟稔，在此一传统农村也尝试体验各类蔬果的栽培经验，朝有机田园发展。

但新故乡的大梦，不只是让一个凋零的农村找到生机，亦不满足于只是让年轻人可以返乡就业，或者来此漂鸟见学。它的视野超越了一个生态村。旁边埔里大镇的发展，一直是它关心的焦点。假如埔里过度观光，桃米生态村的完整性势必受影响。埔里若能走向生态镇，这一美好梦想的彻底实践，似乎才是远程的目标。

于是从青蛙到蜻蜓，他们又找到了埔里昔时最重要的产业，以蝴蝶作为下一个阶段见学的目标。

四五十年前，埔里曾是重要的蝴蝶产地。许多手工艺品都以蝴蝶作材料，完成精致的艺品，贩售到欧美日本赚取外汇。年少时，我在台中中山路的商店，便看见许多艺品特产行，摆售着来自埔里的蝴蝶商品。老友林耀堂昔时就读师大美术系，暑假回埔里，便常以蝴蝶制作艺品，贴补家用和赚取学费。

新故乡希望衔接蝴蝶的荣光，但不再是捕捉蝴蝶，更不可能复制艺品，而是继续以保育为理想，透过一条条蝴蝶步道的成立，让埔里周遭的自然更为丰富，重塑蝴蝶和人的美好关系。

埔里有无可能在未来成为生态小镇，仍是未知数，但现今山城充斥走马看花的观光旅游，应该是大家所不乐见。蝴蝶飞舞在一个小镇天空的美好想象，于是继续酝酿。从推动蝴蝶之家一间间起步，人人栽种绿色食草植物。希望此一小苗的培育下，生态小镇的梦想，终有实践之日。（2013）

纸教堂

CARTE POSTALE

夢想無限大 ∞
好樣的,
新故鄉!

绿屋民宿

挑炭古道

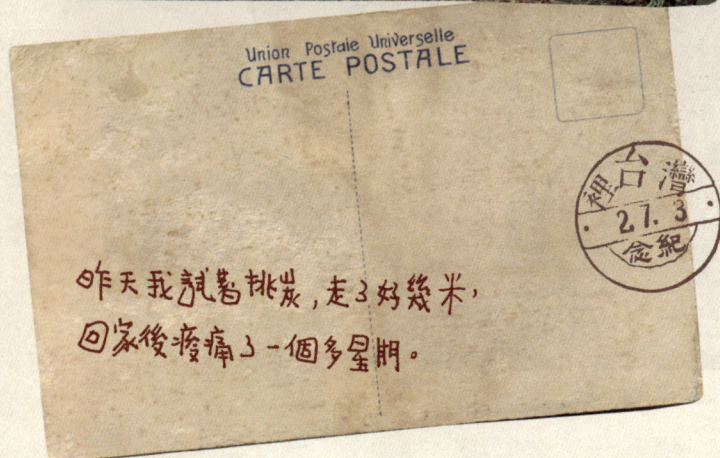

昨天我就着挑炭，走了好幾米，
回家後痠痛了一個多星期。

桐花下的挑炭古道

　　一条逐渐爬升的红土山路，铺着堆砌良好错落的卵石，在蔚然的森林里，瘦长地蜿蜒着。时而陡上险棱，时而斜入阴湿的谷地。山路这样典雅有致，在桃竹苗丘陵残存的着实已不多。

　　五月初，雪白桐花缓缓坠落，一朵朵点缀于卵石间。传统手工筑路美学加上自然的迷离情境，放诸油桐花海林区，能够如此绮丽者更是屈指可数。

　　回家后，好奇地翻阅百年前日侵时代绘制的《台湾堡图》。这条保存良好的古道，当时清楚绘出，横越了火炎山脉北边的山区。

它由通霄福兴地区诸多山坑村落，通往三义（旧地名为三叉河）。地图绘制时，当地山区住民，买卖生活物品与农产运送，多经由此山路往来。为了通行方便，当地住民沿着崎岖的山势就地取材，以百万年的卵石为基础堆砌而成。

到了一九三〇、一九四〇年代，火炎山山区烧木炭行业兴盛，大批木炭商人深入福兴和大坑山区购买，并就地雇请挑夫，肩挑到三义火车站装运输出。木炭价钱不菲，山区里的木炭窑遂比比皆是。

当时生产的木炭，主要即靠着这条修筑良好的步道。挑炭的工钱并不高，但相较其他此间行业，还是不错的利润，因而挑运者大有人在。现今会有一挑炭古道之名，实乃出自此一旧时典故。

烧成木炭的木柴取自相思树。此一树种广泛分布于北部浅山地区，常跟樟树、楠木和油桐等优势树种混合生长，当年不少烧炭窑便设在此间坡地。一九七〇年代随着天然气普及，木炭产业走向没落，烧炭窑终而废弃。相对地，山区农路开辟增多，对外交通大量改善，住民也改种经济效益更高的香茅。挑炭古道在多重开发的影响下，乏人来往，未几便消失在荒烟蔓草中。

所幸很多在地年长者，犹记得此一山路的存在，更缅怀昔时汲汲于此艰苦挑炭的时光。这些年来，以三叉河登山会为首，不少热中探访古道的山友结伴而行，在荒烟蔓草的山林上，重辟昔时的古道。此后逐段整修，终而让这条古道和其他近邻几条一并重见天日，如今成为民众寻幽探古的健行路线，桐花时节更是热门步道。

卵石古道还保存良好，但烧炭窑还在吗？据说至今尚有一二十座遗迹，分布于山区。我一路搜寻，却未见着，只在四十八县道登山口看到一座保存。

当时在此古道上的挑炭人，大抵又是何等形容？四十八县道入口，如今立有一当地木雕专家傅学荣的创作——"挑夫印象雕刻"。此一雕塑挑夫采自民间昔时装扮。大抵为一头戴斗笠，光着上身着短裤，肩担木炭的质朴庶民，展现乐天知命的笑容。旁边则有一生动的解说，将此间挑夫的淳朴神韵，活脱而幽默地描述出来：

阿旺伯

年龄：一百六十八岁

学历：食到老·学到老

个性：笃实、硬颈、煞忙、勤俭

工作：伐木、扛树、入窑、烧炭、出窑、装笼、挑炭、贩卖

格言：肩挑木炭心且酸　手提黄金乐也欢

成就：靓女成凤、五子登科

雕塑像前还摆置一对真的木炭竹笼，约有四十斤，有请今人体验。我试着挑起，才走不过两三步，便大喊吃不消。现今一个大人勉强挑着走半百米，恐怕都气喘吁吁。当时的人可是得翻山越岭，走一两个小时。

目前保存最完整的一段，大抵起自通霄镇福兴里车轮坑农路两公里处，西侧有永兴农场指标，古道入口就在路东，终点在三义乡双潭村的大坑。相较于北边的挑盐古道，此一山径森林蓊郁，卵石保存更加良好，接近北台湾潮湿地区的山径，大出我对火炎山干旱之贫瘠印象。

综观之，不论挑盐古道、挑炭古道，或者其他多条此间的古道，这些火炎山山脉北边的山径都有一特色，大抵为东西向，由此诸多近海坑谷窝地的散村零屋，可衔接内山的小镇小城聚落。这些旧山径因负担功能不同，被现代人赋予不同名字。过去则只有一个内容，都

是艰苦谋生之路线，维系着客家人在山岭重重阻隔下贫瘠生活的命脉。

　　每次走进这类卵石古道，我都会兴起如是感怀。挑炭古道又如此完整维护，洋溢早年修路的美学，且全然隐逸于苍郁的森林，我更充满饱实的、庶民生活的历史感触。（2009）

通路

挑炭古道附近老厝

朝阳渔港

下回一定要带个汽化炉，
在港口现买鲜🐟，现煮。

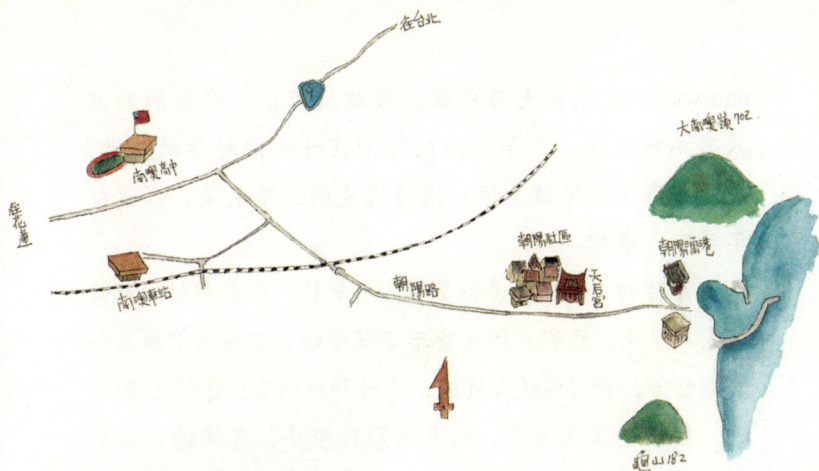

朝阳渔港的下午

　　风平浪静的冬日，下午三点左右，朝阳渔港码头左侧，如常集聚了若干中年男女，等待着渔船靠岸。

　　台湾本岛平均每七八公里即辟建一渔港，加上外岛的，密度之高据说足以破吉尼斯世界纪录。当然，后来捕不到鱼虾荒废掉，或者淤积搁浅的，恐怕也相当可观。还好全台湾最后兴建的朝阳渔港，并未名列其中。

　　它居处的位置十分隐秘，位于南澳平原北部，龟山之北的小海湾。过去除了当地人，大概少有人会注意到它的存在。日侵时代此地称为"浪速"（日文，发音为

naniwa），意味着大浪急涌。兴建渔港前，这里的渔家只有两种选择，一是将渔船停泊在北边的粉鸟林渔港，二是冒着风险抢滩上岸。浅滩造成的二重浪头，据说每年皆有人罹难。

等待的人群中，多半是朝阳村居民，以及邻村的泰雅族人。除此，还有一辆大货车守候多时。它应该隶属某一外地公司，专门运送渔货的，定时开到码头，等船入港。

相较于其他渔港，这儿的规模较小，等候的人似乎没那么焦躁、充满竞争标价的心情，但隐隐然还是有些急切。

大家在等待时，我望着渔港周遭，两栋楼房鲜明地耸立着。

接近左边龟山的楼房，应该是南澳"海检所"的厅舍。渔船要进港时，"海巡署"照例会派巡防人员过来，跟大家一起等候，检视上岸的渔获和渔民，看看是否有违法走私或偷渡。

另一栋，位处港湾腹地，装修美轮美奂。除了一楼为厕所，二楼以上准备作为展示馆或餐厅吧。那是政府晚近改善渔港的重要计划，想要塑造新的渔港文化，结果花费不少公帑下，形成蚊子馆。如今很多渔港都有这等尴尬的闲置空间，空荡荡地矗立在海港中，一年四季灌饱了海风。

没多久，十来米的"德成"号终于缓缓驶入，它是朝阳渔港内最大吨数的渔船。此时，唯有它驶入。当渔船慢慢接近，等候的人开始趋前。等船靠抵码头，一阵习惯性的忙乱。

众声喧哗中，大批早已装箱的鱼鲜，快速抬上大货车，直接驶往北方的城市。眼尖或熟悉者即知，某些海产餐厅和渔产公司都是固定买主，船主也会藏私，预留一些好货。但纵使如此，在码头等候的人，还是能买到现捞的新鲜渔产，而且便宜得惊人。

买家深知，此一等候的代价绝对值得，也没时间去挣扎和困惑。当一笼笼拍卖的海鲜上岸，大家便各自争抢。白北仔、鲭鱼、水针、秋刀鱼……我来不及细数，大家早已挑定目标。还好是小渔港，买卖的情景常只这么一时忙乱。众人各自拎取，走往码头旁边一处小棚子，依序排队，进行过磅和结账。

一尾白带鱼十元，十来条才七十元。试问，上哪儿买得到如此便宜的鲜鱼？结完账，人人心头满足。有人两手各捉一尾大土，吊挂摩托车置脚处，人鱼共乘便骑走。也有人捉了一袋水针，硬塞到置物箱，满足地扬长而去。

短短不到十来分

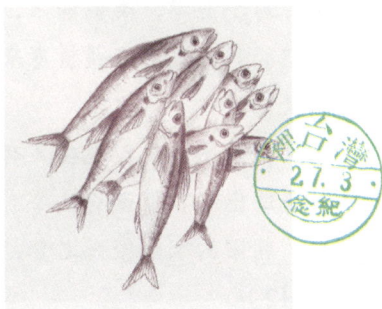

钟，大家迅速离开。"海巡署"的人员也不知何时早已消失，一群外劳渔工也被载走。只剩下清洁人员在善后，港口又恢复了过去的静寂和凄清。

我抬头眺望前头的龟山，再回看更加高耸的大南澳岭。很少渔港如此被两山拱护，形成险要封闭之区。不远处，腹地只有三平方公里，这处以汉人为主的屯垦社区，其实早在一九九〇年代初就努力迎接社区改造，既发展朝阳染、古竹炮的文化风俗，也尝试栽植咖啡、洋香瓜等新产业。两座山都有良好的步道规划，只可惜尚未被外人知晓，难以形成丰腴的景观资源。年轻人依旧外流，如今形成老人为主的社区。

过去他们殷切寄望渔港的兴建，期盼得以改善生活。努力了三十多年，二〇〇二年渔港终于兴建完成。对朝阳村的渔民而言，有若安全的堡垒，此后不用再冒着生命危险去抢滩。

怎知渔港如愿了，外头大海的鱼类资源却也走到尽头。全台湾小渔港，类似朝阳，还继续幸运残存的应该也有一些。只是近海渔获量愈来愈少，这些小渔港还能维持多久？

如何突破困境呢？现在又有休闲渔港的倡议，成为众所冀望的出路。但政府法令有所限制，恐怕非一时即可解决。朝阳的家园振兴之梦，看来总是卡在渔港这一关。（2012）

朝阳渔港　Yilan-Chaoyang Fish Port

七星潭

UPU Union Postale Universelle
CARTE POSTALE

我還是很衝動,走到離海最近的位置。
結果,又把褲管和鞋子都弄溼了。

七星潭的太平洋

　　年轻时，最喜爱旅行的台湾城市，大概就是花莲了。很少城市的闹区，如此洁静而安详地接触海洋。港口空荡荡，许久才有一艘船出现。你从容地四方散步，闲逛着，随便沿一条路往东，或者不小心穿过花岗山，前面开开阔阔，就是蔚蓝的太平洋了。

在这个城里长大的作家，好像都有这样相似的，比悠闲更散漫的临海经验，上一代如杨牧、陈列，中壮者如林宜沄、陈黎，都用诗和散文，很文艺腔地，却也理直气壮地怀念了无数次。

像我这样的旅人，在地情感或许浅薄，但久久去一回，看海的情绪照样是不打折扣的。每回去，也都非得看到海不可。如今更是名产的麻糬没买到，或者传香数十载的扁食未吃着，我都毫无遗憾，但若看不到海，好像就没去过这东部小城。

每回去，我也喜欢花很长时间，站在海岸远眺太平洋。从第一次伫立，花莲的海岸就教了我这辈子最重要的一堂海洋课程。那天，我才恍然明白，同样是海洋，东部和西部有着明显的差别。

在西海岸，大海经常混浊，跟灰色的天空一样笼罩着沉沉雾霭。但站在花莲海岸望远，水面好像九层糕，层层分明。靠沙滩的海水较为清淡，不远有一条黝暗的黑潮，紧接着是蔚蓝之洋，连接着天际。

西岸大海好比一幅乏味的画作，色泽稀释而浅薄。花莲的海洋，仿佛不知涂过几回的画布，展现丰厚的层次与力道，深情地呼应了澄澈的蔚蓝天空。

再追究，那海面所铺陈的开阔更是不同。站在西海岸，怎么看，你都猜想那海平面后头，可能会有一些岛或者大陆块出现。你的远眺，再如何高远，都已设下一个局限。但花莲的海平面，让你拥有更多遐思，你不知道海平面之后，终点会在哪里。东海岸为何比西海岸瑰丽、迷人，视觉上造就的这种无与伦比，诚为主因。

但心思细腻的人，还会有更奥妙的享受。

假如愿意静静地倾听，你更会惊讶，连海浪的声音都大有文章。在西海岸，台湾海峡的海浪声，就是不如太平洋的深沉、洪亮。

在东海岸，你终于体会什么叫澎湃。每一道海浪的声音，俨然都从太平洋最深沉的海床涌上来，带着地球

最浩瀚而温柔的感情，在你面前轰然碎裂，衰弱地分解成泡沫的叹息。

每回太平洋的浪，都像最深奥的恋人絮语。强大又婉约，壮烈又柔美。在这样空旷的环境，你清楚地感受到自己，坚实而渺小的孤独。你悄然感动了，一辈子都留存这样美好的记忆。

但那是过去，现在的花莲已不一样。

现在花莲市最夯的海岸是单车的，从南滨公园经花莲溪口，往北通达七星潭。

绵延十五公里的自行车道，如今整修翻新，间有景观木桥、休憩公园、林荫廊道等衔接。行人或能沿着步道来去，只是很快就会腿酸脚麻，不若骑单车的畅快。沿此乘奔御风，大海阔气随行，好不惬意，只是水泥建筑也不时映入眼帘，其中更不乏消波块海岸。

这些人工海岸无疑是花莲可笑的另类奇迹。政府很厉害，居然一点一点地把海的声音改造了。你站在海岸，再也听不到澎湃的声音，转而听到一种熟悉的海浪声，原来跟台湾海峡的一样了，或者更没有力量，像水泼洒在水泥上。

这般花莲，也荒诞地提供了我们对未来科技发达城市的想象。旁边是海洋，我们在高墙内，在公寓大楼内，安然无虑地生活。想要接触海洋时，再找一个闸门，出去透气，甚至可以慢跑，穿过一个接一个充满城乡新风貌的人造海岸公园。有时节庆到来，还会看到，或许有一个海洋大型音乐会，找了些知名的流行歌手，在河堤公园举行。

如是花莲，具体地实践了早年美国《时代》杂志对台湾的讥讽："一座没有海岸的岛屿"。

想想看，假如全台湾的海岸都像花莲，布满长长的消波块，这样的岛屿不用别人打压，自己就已经锁死了。

我始终难以理解，到底是什么样的政府官僚体系，让有志者进去服务后，脑筋思维都莫名地转弯，无法跟我们有同样的情感，感受简单壮阔的自然美学。在东部观光发展的政策下，前些时政府还通融，让某一财团利用法规漏洞卷土重来，在北边的七星潭兴建庞然的旅馆。还好地方生态团体发动抗争，才得以暂时阻止了海岸的破坏。

像七星潭这样不当的 BOT[①] 案，沿着东部海岸线，如今还有不少在蠢蠢欲动。当我们走在海岸线，聆听潮声起落，总不得不侧目，那后面的防风林，似乎有一只巨兽，随时会扑出来，想要吞噬我们。

---

① BOT 是 "build-operate-transfer（建设—经营—转让）"的缩写，即私营企业经政府特许，参与基础设施建设，向社会提供公共服务。

七星潭幸存了，虽然剩下不多，但还可以走一段颇长的海滩之路。

那一路灰暗的砾滩连绵，上面错落地横陈着大小不一、锤炼百万年的卵石，每天都被轮番上来的海浪细致地铺排着。这样洁净有秩，绵延一个婉约的海滩，直通到清水断崖的高大山峦，以及山后不知多厚的云海。

在这里，随便哪个方向都能听到，那远远就已经开始轰隆喟叹的，海之呼唤。从最深的海床，也从四面八方集中，撞击着你仿佛虚无的肉体，撞击着你内心最不为人知的区域。

有人说七星潭是过去的花莲，消失的花莲。我觉得不止，那是消失的台湾。只有走在七星潭，在这海和陆地的边界滞留，你才感觉台湾还是一座岛，一座太平洋的岛。那儿是回到老台湾最便捷的海岸平台。

如今我继续回来，继续花很长的时间，站在七星潭海岸。从那儿望向海，望向太鲁阁。那开阔之间，一条弯曲的柔美海岸线，通向高山大洋的情景，常让我满意地感动。感动着，我们的岛还坚实地活着。

我朝那儿愉悦地孤独走去，或结伴行旅。不论几人，都是幸福。那是最初最瑰丽的海岸线，也是台湾最美的侧影！（2010）

五味屋

儘管家裡還有，
我還是買了一堆鉛筆、橡皮擦，
還有文具盒。

(CARTE POSTALE)

往花蓮

戲院

豐田車站

五味屋

豐裡小學

牛犁社區協會

郵局

教堂

舊警察局

往臺東

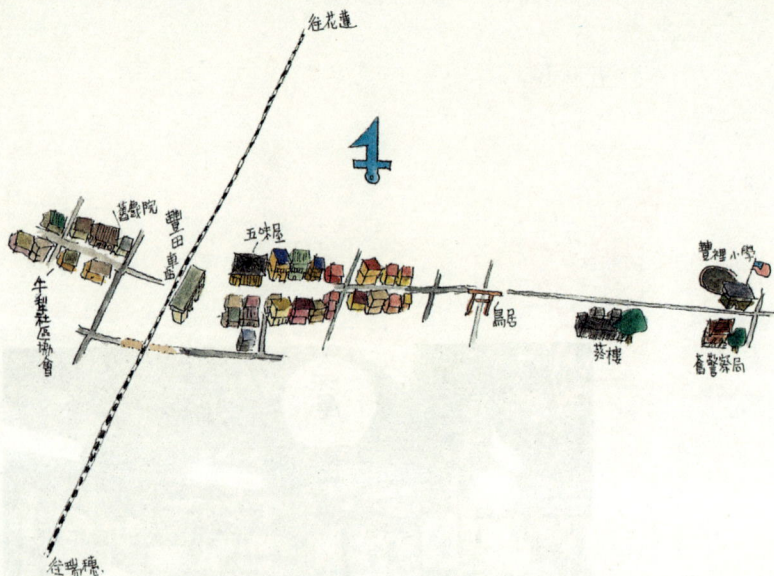

小站旁的五味屋

　　火车站停靠的东海岸小村镇，站前第一二间房子，往往是面摊、早餐店和柑仔店。热闹一点的，应该还有蔬果铺、药局、旅舍和五金行之类的精华店面。

　　十多年前到丰田旅行，从车站出来，眼前一条大街瘦长延伸到老远，却见左右几间老房大门深锁，死寂得不见半个人影。尤其是左边，一栋黑色老房垂垂低伏，暗黑地敞开大门，犹若一只怪兽正在吞噬所有生活的热闹记忆。

最近常坐慢车前往，没别的事，反而是为了拜访这间充满日式风味的旧屋。

老房子是铁路局的财产，幽暗的室内空间，后来竟成为停车库，愈发让我的想象更接近事实。又后来，人去楼空了，上一大锁，更加深了荒废之感。从外观之，它的长相也真奇特，偌大的漆黑屋顶，好像一台农家风鼓上头倒入稻米的仰斗，翻转过来。

后来又有一机缘，走进屋里。开灯后，仰头一望，不禁哑然。只见天花板全是甘蔗草秆铺成，用黄藤和竹子绑编完好，屋内的支柱梁架大抵是桧木。整栋建筑的兴建，不仅充满旧时手工铺盖的技艺和智慧，建材更来自附近的产业，不假他地。

光是这等外在建筑风貌和室内修缮的结构，在任何小村坐落着，透过社区协会或者乡里长的支持，相信都足以当作重要的文史古迹保存下来，甚而成为观光的景点。

但这儿最让我想再三走访的原因，并不只是老房子的存在，而是晚近的巧思利用。如今它有一个好听而意义深远的名字，五味屋。据说是当地青少年集体讨论后定案的名字。

何谓五味？或有人以为是人生酸甜苦辣咸的五味杂陈，又或说五种好玩的经营方法，也可能是五个要执行

豐田民宅

五味屋

五味屋內部

CARTE POSTALE

的社区教育理念。如此说法不一，好像都对。这也微妙地反映了，五味屋成立的多功能目标。

五味屋成立后，我再走进去，早已焕然一新。眼前是间有趣的二手货物商店，偌大的空间摆放了诸多不同地方捐赠来的二手货物。以日常文具、书籍和玩具用品为多，有时竟也出现价值非凡的宝贝。比如有一回，我和摄影家钟永和到来，不约而同地看上了一架古董哈苏相机。它以精致的牛皮外套，寂然隐身于众多玩具模型间。

从二〇〇九年八月迄今，一年多了。五味屋不只是塞满琳琅杂货的二手铺子，也是充满人情味的地方。但店家老板可不是生意人，正是那些取名的社区孩子们。五味屋的经营由他们做主，决定社区参与的方式。

这又是怎么回事呢？

话说源头，五味屋的前身荒废一阵后，系由丰田在地的牛犁社区发展协会极力争取，从铁路局获得无偿的使用权，日后再委托熟悉少年教育的东华大学老师顾瑜君规划。

当初，他们只是想为长期从事社区工作的孩子们建立一个地方参与的工作据点，因而尝试以二手商店作为起头。未料到，创店初期，顾老师不辞辛劳到处搜集资源，再以自己的专业带领大学生共同参与，将此经营得有声有色。

　　其实，二手商品只是媒介。更富启发意义的，当是藉由此绿色概念的平台，创造社区参与，还有资源再利用的生活价值。仔细观察里面的陈设，大抵也充满环保概念，几乎所有的展示架，都是用废弃纸箱改装。

　　大人和孩子们热心参与修缮装饰后，这儿不仅成为商品陈列贩售的地方，同时是社区孩童阅读休闲，以及课后辅导的环境。除了二手物的贩售，他们更强调空间的利用。原先窄小的学习环境，后来扩大到半个店面，即使缩减了摆放商品的位置，还是以孩子的受教为优先。

　　五味屋是间边卖边学的小店，只有节假日才开放。或许有些旅人觉得，愈来愈像安亲班，但一位参与创办的少年志工杨富民，却有在地人长年生活的不同见识。我们常通信，有一回他便聊道："现在的五味屋状态，我很能接受。假日由东华的学生课辅我们这里的小学

生，然后带着他们长大，并从中学习到事情。这是一个很棒的、我很喜欢的点子。"

随兴的对话过程，他可能没有精准表达，但我知道那意思。他的学校成绩平平，后来在繁星计划征试时，以榜首之姿进入东华。我猜想，他长年在自己家乡从事志工服务，而五味屋的学习和养成，可能是其受到评审委员青睐之因。

许多小乡镇都有类似的空屋，丰田五味屋的经营或许不尽然完美，却具有相当的启发。每个社区皆可依地方特色，协助家乡的孩童，创造自己的五味屋。（2010）

池上

CARTE POSTALE

這回去還是買米,吃飯飽。
只可惜未看到阿公,聽說他住院了。

遇见美好的池上小镇

很多美好的生活，来自同一个地方。这样的故事，许久未听闻了。

前几年，来自池上乡下的女生潘金秀迢迢北上，在台北公馆汀洲路，月租两万元，以一间小屋作为面包烘焙坊，专做吐司。她的食材加入大量来自家乡的谷物，结合邻近的初鹿鲜奶，手工费心制作。没多久即树立口碑，光做网络宅配即供不应求。

业务蒸蒸日上之际，她却因父母年纪老迈，毅然舍弃现有，返乡就近照顾双亲。日后改在自己的老家租屋做面包，仍旧不设店面，不要求量产。她相信质地好，透过网络团购，就算在偏远的小镇，一样能过自己想要追求的日子。

潘金秀每天早上出门，最喜爱穿过家乡的稻田。在路上，经常遇见一位近九十岁的老人。

老人彭立基，曾是日本军伕，远赴南洋打伙。战后回乡，拉过保险、卖杂货、当媒人等，后来就不曾离开。十多年前，他开始在海岸山脉种果树，因为整个镇都在朝无毒、有机稻米的方向发展。活到老学到老，他也不施化肥不喷洒农药，种了满山的脐橙和柳丁等。

刚开始当然不断失败，怎知这几年终于种出心得。除了果农抢着来收购，每天早上他都会摘一些到市场摆摊，纸牌上写着出产地和有机身份。还有价钱比一般人便宜，欢迎试吃。生意这样做一定亏本，但他觉得自己已逾米寿之龄，人生够了，应该多跟人分享快乐。

彭立基骑摩托车，载满蔬果出门，抵达十字路口时，大概也会和一位从事乡土教学的女士擦肩而过。

简淑莹老师熟稔小镇地方文史。四十年前，父亲在街上开了家书局。这是个以种稻为主的小镇，但他们家从台北引进了许多当代的书籍，店面仿佛小型图书馆。她从小在书店看顾，一边也阅读长大，见识比一般大学生成熟。

如今网络时代到来，台东的书店一家家结束营业。他们不愿意收手，继续卖书的服务。或许，也接受现实环境的改变吧，空出一角，提供咖啡饮料。但街上店面仍高挂着"池上书局"，几个书法大字浮凸，强调着人文的内涵。

他们三个人身上都有一个特质，初认识时，很喜欢搬出自己家乡的地名，或者把家乡的物产推销到台面。

"我是台东池上人"，"来自池上的某某某"。很少地方人士在自我介绍时，还会加上小地之名。"池上"这两个字，对他们好像是一个 LV 那样的品牌。

在那儿旅居时，我一直撞见这样的人物，不管离家许久，或不曾远行的，都有这样的骄傲。也不只是他们，好些人在自己的本分工作上，都抱持着某一生活信念。

二十多年前，不少小乡镇都有这种美好的自信。还记得来自美浓、东势或埔里的人，邂逅时，提到自己的家园，脸上也会浮现这么点滴的在地光荣。

曾几何时，这种在地自豪似乎少了，稀薄了。但为何池上还有，而且不减？究其因，因为那儿的稻米栽种不论有机或惯行，始终坚持品质。经过一番努力，台湾内外都打出名号。地方米价提高后，农民生活有稳健的保障，人人充满自信，对未来也展开各种梦想的追逐。

做吐司的女孩怀念在这样的家园长大，愿意回到家园从事烘焙业。旧书店的女儿纵使知道没什么利润，仍然坚持维持书店的门面。种柑橘的老人因为生活惬意，卖果物只为了快乐。这就是池上人，有梦想支持的小镇。

难道其他乡镇没有类似的期待吗？应该也有，只是经过几十年都会变迁，大家在外打拼，处于全球化、商业消费的冲击下，遮蔽了返乡的视野。重回家园的价值和意义，自然也消失了。

灌溉水圳

四年前一回旅居，结交了这些在地朋友后，遂常有联络。难得路过，一定去拜访，或者寄一两本自己允当的创作，请其指教。他们也常寄送地方物产，跟我分享时令收成。我藉着一物一产的悉心食用，怀念小镇的丰饶，他们则以物产的各方递送，继续告知小镇的美好韶光。（2011）

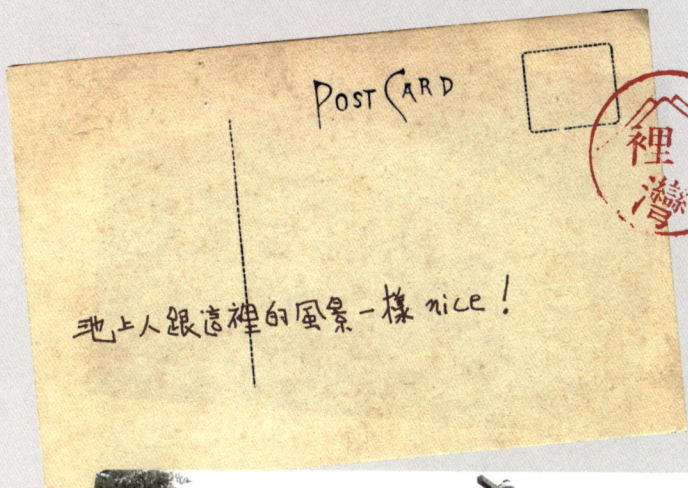

POST CARD

池上人跟這裡的風景一樣 nice！

阿朗壹古道

爬上一段艱險的陡坡，
竟然有野生的芭樂樹！

CARTE POSTALE

未來
一方
向郵时诗

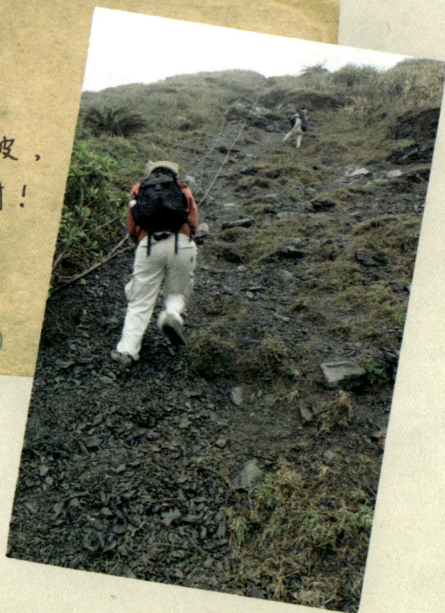

走过阿朗壹古道

　　海岸边缘都铺设了宽敞的公路，无疑是台湾一个很大的悲哀。

　　后来我们惊喜发现，还有一块化外之地，在台湾南方的尾端，勉强敞开一角，恰是阿朗壹古道的部分路径。不少环保人士曾悲怆地形容，这里是台湾唯一能对外呼吸的地方，最后的净土。

　　过去两百多年，台东和垦丁地区的交通，大抵依靠此一古道连接。古道上涉及诸多历史文化大事。譬如鸭母王朱一贵的部属流亡至此，恒春知县周有基在旭海南边鼓励栽植稀有的港口茶，排湾族头目潘文杰斡旋过震惊清廷的牡丹社事件，看守灯塔的西方旅行家泰勒等人也曾沿此海岸踏查北上。

从自然资源评估，古道的意义更加重要。罕见的绿蠵龟，在台湾本岛可清楚观察换气行为的地点，晚近只在此有记录。瑰丽的南田卵石，沿着海岸大小错落，绮丽地绵长铺陈，更是绝无仅有。好几条天然的小野溪，单独而完整地流出山谷，同样告知了，这是一个原始的世外桃源。

　　不断起落的海潮，日以继夜神奇地把卵石排得整整齐齐，同时用咕噜的美好退潮声，像生命的絮语呵护着。全世界海岸的声音或许多半类似，但在这儿闭眼聆听，清清楚楚地知悉，只有这儿的海水后退时，才会发出卵石挪挲的叹息声。

　　古道周遭，只有海浪的声音和天空的一望无垠，没有文明的一丝波动和干扰。也兴许，你不懂什么自然环境，放眼望去，那里也没有什么，但因为其他海岸都变样了，它于是特别凸显。别的地方充满开发和建设，这里却什么都没改变。一处台湾仍是过去的台湾，原始的荒野海岸。

　　怎知前几年，政府预计在此打通一条公路。从垦丁北上，划过这处东海岸最偏远的角落，此后台湾的海岸全部畅通，不再有死角。在地环保团体得知消息，不但群起反对，更提出强烈质疑，表面是为垦丁一带跟东海岸的连接，但路开得这么宽，根本就是暗度陈仓，主要是为将来的核废料铺路。

他们更担心，当地多为崩塌地形，日后豪雨季节暴洪冲刷，公路开通后势必常有中断、瘫痪之虞。若是加上来年修复的经费，通车的整体效益是否值得，颇让人疑虑。当然，这段公路若修筑，偏远海岸的阿朗壹古道，即将面临被破坏的压力，最后的净土也可能要告失守。

此一消息传出，反对声音迅速形成浪潮。古道反而成为南台湾新兴的热门景点，连境外游客到垦丁旅行，都会设法前往健行。不过，此地接驳不甚方便，需要安排当地向导和交通工具，比较容易成行。

如今当地人发现此一健行商机后，赞成修筑公路的声音也逐渐转弱。有人乐观地研判，公路兴筑的计划应该会胎死腹中，这儿继续是台湾通往海洋的唯一出口。

集全台湾众多环境保育者的关心，这条古道也点出三个意义。

首先，在这条简单的海岸线，古道以多样的面貌呈现。

过去我们看待这条卑南古道的中段，往往着眼于荷兰人的武装寻金，日本军队的入侵牡丹社，或者是接续的，清朝士兵前往东部的驻扎。这一台湾史大事记的角度，往往会窄化我们的视野，局限于探险、战争或殖民地教化的思维。阿朗壹古道早超越了这个层次，可能是东部最富多样生活内涵的一条。

原住民部落在此一区域的竞争或礼尚往来，西方旅行家对异文化的好奇和调查，恒春知县周有基怀抱地方茶叶栽培的大梦，基督教长老教会宣教士屡屡从台南而来的宗教信念，还有平埔族陆续迁移乐土的期待，都在这条古道周遭寻绎流动。阿朗壹古道的未来守护，不只是一条海岸的保存，而是深入追溯这些文化历史的脉络。

二来，古道的危机激发了社会各阶层跨领域的高度共识。

如今再回顾，薄弱如一线蚕丝的阿朗壹古道，不仅仅维系着卑南平原和垦丁半岛间族群的生活交流，还牵扯着自然生态跟都会文明间的互动关系。

位居偏僻海角，离首善之区遥远的陌生古道，按理应缺乏反对的声音，但面对都会文明的过度开发，不同领域的人透过质朴的走路信念，正汇集前所未有的力量，展现理直气壮的抗争。这不再是一条历史古道的内涵，而是生活里需要追求何种价值，正在被严肃检验。

多数人或许还是对它很陌生，但它是一个重要的象征。只想拥有一条森林可以连接海岸的泥土路，这么简单的要求，其实很卑微。那是大家在自己土地生活的最小尊严，不需要额外的社会福利，也不会造成更多社会成本的付出。假如这样利益纠葛最少的地方，都难以实践路权，再多的森林保育和湿地维护，都会

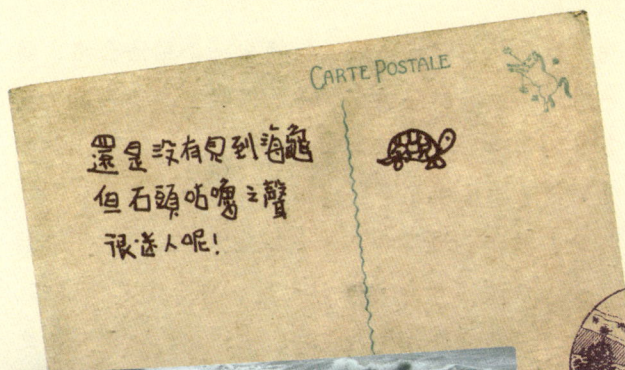

還是沒有見到海龜
但石頭咕嚕之聲
很迷人呢!

CARTE POSTALE

有枉然之感。

　　晚近社会风行趋慢去快，但换成一条柏油公路，我们急速经过，没有脚踩海岸砾石的踏实，耳边不时听到车流轰隆的车声，如何乐活和慢活？

　　三则，古道提供了走路者最后堡垒的省思。

　　阿朗壹以卵石海滩的原始宁静，完整地保留了自然的话语权，展现了早年的台湾之美。当台湾其他海岸，七八公里一渔港，到处是消波块，被讥讽为水泥包围之岛时，这儿继续完整地存在，其实更具强烈的对照。

　　大自然以神奇的海洋力量，在此日以继夜地冲刷着错落有致的卵石，每天重新铺陈古道，让我们从容地漫长徒步。这是走路者的天堂，任何孩子都该拥有的成长场域。家长不需要教导，只要带他们到来就好。走过自然和历史的交界，走出更多土地的关怀。一代一代走过，生命就会记取，烙印成这块土地重要的铭记。

　　二十年前，当我追逐着西方旅行家和十八番社首领潘文杰的身影，坐在南田的卵石砾滩，远眺着长浪起落，旁边有海龟的尸体横躺，但因古道还在，我以其小小的死亡，感受这一自然场域的宁静和肃穆。如今来回两遍，纵使看到绿蠵龟活络地登陆，假如古道变公路，我都有逐渐失去明天的悲凉之感。

　　这座可以呼吸的海岸，真的是最后一扇窗口。希望它在最偏远一角的阁楼之上，永远开敞着。（2012）

图书在版编目（CIP）数据

里台湾/刘克襄著．—上海：上海译文出版社，
2015.4
（刘克襄作品系列）
ISBN 978-7-5327-6886-8

Ⅰ.①里…　Ⅱ.①刘…　Ⅲ.①随笔－作品集－中国－
当代　Ⅳ.①I267.1

中国版本图书馆CIP数据核字（2015）第003185号

里台湾　　　　　责任编辑　陈飞雪　　　　出版统筹　赵武平

刘克襄 著　　　　　　　　　　邹滢　　　　　装帧设计　储　平

图字：09-2014-774号

上海世纪出版股份有限公司
译文出版社出版
网址：www.yiwen.com.cn
上海世纪出版股份有限公司发行中心发行
200001 上海福建中路193号 www.ewen.co
山东鸿杰印务集团有限公司印刷

开本787×1092　1/32　印张8.25　插页3　字数76,000
2015年4月第1版　2015年4月第1次印刷

ISBN 978-7-5327-6886-8 / I·4170
定价：48.00元

刘克襄　　|　　漫游作品

里台湾
少年绿皮书：我们的岛屿旅行